차원이동제사

미르영 현대 판타지 장편 소설

전쟁의 전조!

BBULMEDIA FANTASY STORY

6

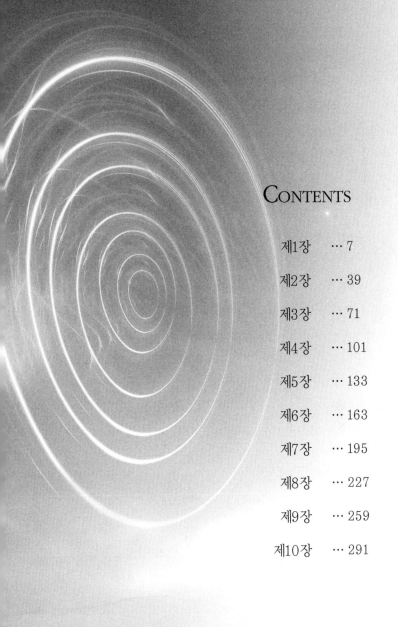

CONTENTS

제1장　　… 7

제2장　　… 39

제3장　　… 71

제4장　　… 101

제5장　　… 133

제6장　　… 163

제7장　　… 195

제8장　　… 227

제9장　　… 259

제10장　… 291

제 1 장

슈—우웅!

순식간에 지상 500미터까지 솟아오른 비공기가 빠르게 하늘을 가로질렀다.

애마에 장착된 에고는 스텔스 기능을 활성화시킨 후 내가 전해준 의식 데이터를 활용해 최적의 경로를 잡고 빠르게 운항했다.

비공기를 만든 사람은 부대에 복무하던 시절, 테러리스트에게 장악된 미국 대사관의 진압 작전 중에 구출했던 인질 중 한 분이다.

마법을 활용한 메카닉 분야에 있어 세계 최고의 석학이자 엔지니어인 그분은 자신과 손녀를 구해준 보답으로 나에게 비공기를 만들어주셨다.

처음에는 불편하고 어색했지만 센터에 복무하던 시절, 별도로 움직일 때 상당히 도움이 되었다.

육해공을 아우르는 이동수단일 뿐만 아니라 작전을 지휘하는 관제 시스템의 역할까지 충분히 맡을 수 있을 정도로 탁월한 성능을 자랑하니 말이다.

이제는 에고까지 활성화된 터라 앞으로 활용도는 더 많아질 것이다.

상공을 가로 지른 비공기는 5분도 되지 않아 공사 현장에 도착했다.

외곽에 친 펜스에 달려 있는 전등에서 흘러나오는 불빛만이 주변을 밝히고 있을 뿐, 건물이 지어지고 있는 곳은 어둠만이 가득하다.

— 형, 준비해.

— 알았다.

스페이스가 마도학을 통해 만들어낸 인식 차단 마법이 활성화된 터라 투명하게 보이는 비공기가 공사 중인 건물 위로 조용히 내려앉았다.

가볍게 현장에 도착한 비공기에서 내려 계단을 따라 아래로 향했다.

건물이 지어지고 있는 대지의 비밀을 알기 위해서는 지하로 가야 하기 때문이다.

전력과 마력은 건물이 준공할 때나 들어오는 터라 지금은 짙은 암흑으로 휩싸여 있지만 이동에는 지장이 없다.

1차 각성자이기는 하지만 훈련으로 활성화된 감각 시야가 있기 때문이다.

건물 기초와 함께 올라가는 지하는 기둥을 제외하고는 하나로 통하는 통짜 공간이라 지장을 받을 것도 없었다.

― 형, 이상하지 않아?

― 그런 것 같다. 작업을 할 때는 몰랐는데, 마력이 흐르는 것 같아 보여.

― 게이트라도 열린 건가?

― 도시지역은 스캔을 전부 끝냈다고 했는데, 그럴 리가 없다. 더군다나 수도권 인근은 더 철저하게 스캔을 했을 텐데 말이다. 하지만 만약의 경우라는 것이 있으니…….

워낙 변동이 큰 것이 게이트라서 확신하지는 못하는지 형이 말끝을 흐린다.

― 성찬아! 혹시 모르니 감지 시스템을 설치해서 확인해 보자.

― 알았어.

빠르게 에너지 위상을 측정하는 감응기를 설치했다.

공사 중인 대지에 비밀이 있다는 느낌을 받고 내가 예상했던 것은 바로 게이트였다.

우리가 속한 지구 대차원과 연결된 세 개의 대차원이 아닌 다른 대차원과 연결된 게이트 말이다.

우리가 속한 지구 대차원과 연결된 대차원들이나 안쪽의 각 차원들은 연결된 통로를 제외하고는 절대 게이트가 발생하지 않는 것이 원칙이다.

그렇지만 인위적인 것은 예외다.

대변혁이 일어난 후, 차원 경로가 비틀어져서인지 인위적으로 다른 대차원들과 연결되는 게이트를 발생시킬 수 있다.

인위적으로 다른 대차원을 여는 것도 준비 과정이 오래 걸리고, 그 시간동안 파장이 흘러나오기에 예측이 가능하다.

센터에 있을 때까지만 해도 그런 인위적인 게이트 발생 상황이 어느 정도 예측이 가능해 처리를 했다.

중국에서도 마찬가지였다.

워낙 많아서 그렇지, 큰 것들은 예측이 가능하기에 타클라마칸으로 작전을 수행하러 나갈 수 있었다.

그렇지만 언제부턴가 상황이 달라졌다.

보통은 한 달 전부터 예측이 되었지만, 요새는 갑작스러운 게이트 발생이 빈번해지고 있는 상황이다.

해결사들이 나서서 처리하는 비율이 높아진 것도 즉각적으로 발생하는 상황이 빈발해지면서다.

갑자기 발생한 게이트들은 전부 외계의 대차원과 연결된 탓에 위험도가 상당히 높다.

대부분 게이트 발생 초기에 진화가 돼서 다행이지, 그렇지 못한 경우 게이트를 통해 외계 종족이나, 몬스터가 난입하는 경우가 많아 비상사태가 여러 번 발생했다.

알파에 들어가서 우리가 한 일들 대부분이 이런 게이트들을 사전에 제거하거나, 그렇지 못한 곳의 경우 진성 각성자를 도와 지구로 넘어오려는 외계의 존재들을 처리하는 것이었다.

낮에만 해도 에너지 반응을 느끼지 못했는데, 지금 느껴지는 것을 보면 위기 상황이 발생할 수 있기에 긴장이 되지 않을 수 없었다.

위이이이잉!!!

에너지 위상 감응기를 켜자 맹렬히 반응한다.

감지 시스템을 구성하고 있는 감응기에서 적색의 패널이 연신 올라가고 있다.

감응기에서 오류가 날 일은 제로에 가깝다.

'다른 대차원의 게이트가 이곳에서 열리는 것이 확실하군. 이런 게이트들은 대부분 유적지에서나 열린다. 혹여 도시지역이라고 하더라도 신화와 관련된 곳이 아니면 열리지 않는데, 정말 이상하군. 더군다나 이 지역은 이미 검사를 마친 지역인데

말이야.'

게이트가 이곳에 있다는 것보다 사전에 발견이 되지 않은 것이 이상했다.

누군가 개입한 상황이고, 그로 인해 발견되지 않았다면 국정원의 위기 대응 시스템에 뭔가 문제가 생긴 것이 분명했다.

— 형, 최대한 많이 데이터를 수집해야 할 것 같아.

— 그래. 아무래도 심상치 않은 것 같으니 말이다. 배후에 대한 단서가 잡히면 알리도록 하자.

형도 내가 하는 걱정을 동시에 하고 있나 보다.

— 데이터를 풀로 저장할 테니, 용량 최대로 열어놔.

— 접수했습니다, 마스터.

KN—1000의 응답을 들으며 감응기 패널을 확인했다.

어둠 속에서 움직이는 256개 채널의 LED표시 등이 현란하게 움직인다.

5분 정도 흐른 후, LED가 일제히 꺼졌다.

비공기로 데이터가 전송되었음을 확인하고 곧바로 감응기를 회수했다.

— 데이터 수집은 끝났니?

— 끝났어, 형.

— 그럼 나가자.

계단으로 올라가려는데, 손등에 삽입된 스킨 패널이 작동하며 적색이 감돈다.

누군가 나타났기에 비공기에서 보내오는 신호다.

— 형!

— 알고 있다.

계단을 따라 지상으로 올라가는 중에 집중하지 않으면 알 수 없는 다수의 기척이 느껴졌다.

아주 미세한 소음만 흘리며 공사장 주변을 포위하듯 감싸는 것을 보니 정말 잘 훈련된 자들이다.

— 성찬아, 포메이션을 보니 대응 팀은 아닌 것 같지?

— 그랬다면 벌써 신호가 들어왔겠지.

센터가 사라지고 난 후 국정원에서 운영되고 있는 게이트 대응 팀은 열두 개가 있다.

팀마다 고유 파장을 흘리는 기기를 가지고 있어서 대응 팀에 속한 이들이라면 누구나 피아 식별이 가능한데, 바깥에 있는 자들에게는 그런 파장이 없었다.

— 조심해라.

— 형도 조심해.

고유 파장을 흘리지도 않고, 대응 팀원들에 버금가는 움직임을 보인다는 것은 이면 조직에 속한 자들이라는 뜻이기에 긴장이 되지 않을 수 없었다.

포위하고 있는 자들과 전투가 있을 수도 있기에 슈트에 부착된 무장을 습관적으로 확인했다.

'이런, 전부 반납했지.'

초진동 블레이드와 에테르 스크린, 메탈 뷰렛은 전역과 함께 반납했음을 깜빡했다.

'전투 슈트를 풀가동하기는 무리가 있고, 지금 무장이라고는 비갑밖에 없는 건가?'

— 성찬아! 놈들이 무기를 가지고 있을 것 같은데, 위험하지 않을까?

— 조금은 위험하겠지. 하지만 포위하고 있는 자들의 능력 정도라면 비갑만으로도 충분할 것 같아. 그래도 안 될 것 같으면 전투 슈트의 제한을 풀면 될 거야. 놈들이 가지고 있는 무기 정도면 충분히 방어해 낼 테니까 말이야.

— 문제가 되지 않겠냐?

— 풀로 가동하지만 않으면 돼. 남아 있는 에너지 파동을 지워 버리면 되니까.

— 알았다. 그러는 것이 좋을 것 같다. 일단 다른 것으로 처리를 해보자. 공사 자재를 활용해도 되고 말이야.

형은 비계를 설치할 때 사용하는 파이프 중 하나를 집어 들었고, 나는 주변에 나뒹굴고 있는 대못을 한 손 가득 집어 들었다.

형도 몇 개 집어 드는 것을 보니 나와는 달리 유인용으로 쓸 생각인 것 같다.

― 각개 기동으로 전개하자. 내가 탑을 맡으마.

― 아니, 내가 탑이고, 형이 백업을 해.

― 성찬아.

― 지휘하는 놈이 탑에 있는 것 같아. 그렇게 하자, 형.

― 알았다.

전투 상황임을 알기에 형은 군 복무 시절과 마찬가지로 곧바로 내 의견을 따랐다.

'어디 실력이 녹슬지는 않았는지 확인해 볼까.'

지난 4년간 학업에만 열중한 것이 아니었다.

의뢰를 맡으며 단련을 게을리하지 않았다.

특히나 송지암에서의 수련은 우리를 강하게 만들었다.

파팟!

바깥에서 신형이 보이지 않을 정도만큼 올라왔을 때 곧바로 움직였다.

파파파팍!

우리가 모습을 나타내자 아니나 다를까, 소음기를 사용하는 자동소총에서 발사된 탄환이 계단 쪽 콘크리트를 두드려 대는 것을 보니 반응속도가 아주 빠른 자들이다.

'새끼들, 열심히 콩을 볶는군.'

쌓아놓은 자재들을 엄폐물 삼아 나는 전면으로, 형은 후면으로 고속으로 기동했다.

파파파파파팍!

내가 지나간 자리를 따라 탄환들이 연이어 튀어 오르고 있었지만, 기동을 멈추지 않았다.

핏!

벽돌 뒤에서 총을 쏴대고 있는 놈을 향해 대못을 집어던졌다.

콰직!

대못의 머리 부분이 일체형 고글을 부수고 들어가 이마에 틀어박히자 총을 쏜 자가 쓰러졌다.

'머리 쪽으로 던진 걸 다행으로 알아라.'

알아볼 것도 있고, 충분히 상대할 수 있다는 생각에 충격으로 기절만 시키고 죽이는 것을 자제했다.

피피피피핑!

쏟아지는 탄환을 피해 우측으로 몸을 틀었다.

퍼퍼퍼퍼퍽!

'상당한 훈련을 받은 것 같지만 어림없다, 이놈들아.'

떠난 자리에 틀어박히는 탄환을 보며 놈들을 비웃어주고는 다시 우측으로 몸을 틀었다.

피피핏!

퍼퍼퍽!

신형이 드러난 자들을 향해 다시 대못을 던졌고, 맞은 자들이 일제히 쓰러졌다.

'어쭈! 산개한다, 이거지.'

반격이 만만치 않음을 느꼈는지, 포위한 놈들이 움직이기 시작했다.

콰직!

콰드드드득!

형도 시작했는지 뒤쪽에서 큰 소음이 들려온다.

'쇠파이프로 맞으면 무사할지나 모르겠다.'

저런 소음이라면 놈들은 자신들이 사용하던 엄폐물과 함께 쓸려 나가고 있는 중일 것이다.

생각을 하는 동안에도 움직임을 멈추지 않았다.

잠깐이라도 멈추면 쓸데없이 다칠 수도 있으니 더 빠르게 움직여야 한다.

'으음, 움직임이 예사롭지 않군.'

소총으로 공격하는 것을 포기하고 산개하며 움직이는 모습이 아무래도 능력자인 것 같다.

진성 능력자는 아닌 것 같고, 그와 비슷한 능력을 소유한 자들!

소위 무인이라 불리는 놈들이 틀림없다.

파파팟!

내 예상이 맞은 것 같다.

자동소총 대신 검을 든 세 놈이 빠르게 짓쳐들어온다.

'너만 믿는다.'

진성 능력자가 사용하는 초진동 블레이드에도 흠집 하나 나지 않는 강도를 가진 것이 비갑이다.

진성 각성자가 아닌 이상 놈들이 들고 있는 검 정도는 우습게 막아낼 것이다.

까가강!

교묘하게 파고 들어오는 검격을 연신 팔과 손등으로 쳐 내며 놈들의 포위를 빠르게 빠져나갔다.

놈들이 흠칫하는 사이 곧바로 신형을 돌렸다.

겹치는 것을 피하려는 모습을 보이는 자들 중 하나의 머리에 발을 꽂았다.

퍽!

콰직!

일체형 고글이 부서지며 모로 쓰러지는 자를 뛰어 넘어 검촉을 세워 나를 향해 찔러오는 자에게 달려들었다.

퍽!

챙그랭!

비갑으로 막은 검촉에 균열이 일더니 검신이 부러졌다.

휘익!

퍽!

콰직!

검신이 부러짐과 동시에 다리를 뻗어 놈의 턱을 차올렸다.

고글이 산산이 부서지며 무릎을 꿇는 것을 보며 신형을 타넘었다.

쇄—액!

뒤에서 검으로 찔러오던 자가 자신의 검이 동료를 찌를 것 같아 보이자, 검 끝을 틀었다.

퍼퍼퍽!

콰—직!

반 바퀴 회전하며 균형이 틀어진 놈의 종아리와 허리, 그리고 머리를 삼 연격으로 때렸다.

콰당!!

우르르르르!

고글형 헬멧이 부서지며 날아간 놈의 신형이 벽돌을 쌓아놓은 곳에 떨어졌다.

'이제 남은 놈은 하나군.'

소음이 잦아드는 것을 보니 성진이 형 쪽도 얼추 정리가 되어가는 것 같다.

전면 쪽에 남아 있는 놈은 하나!

하지만 제일 강한 자다.

파팟!

파파파파팟!

조금 전까지 상대했던 자들과는 차원이 다른 움직임을 보이는 것이 심상치 않다.

'그나마 났군.'

놈의 공격은 아주 빠르고 간결하지만, 체술이라면 누구 못지않게 수련한 터라 연이어 들어오는 공격에도 조금은 여유가 있었다.

퍼퍼퍼퍽!

공격을 회피하다 맞서니 팔뚝을 통해 전해지는 충격이 만만치 않다.

처음부터 총을 들지 않고 지켜보던 자였는데, 자신을 가질 만한 솜씨였다.

'삼합회의 흑사단과 관련이 있는 놈이 틀림없다.'

중국의 남권 계열의 권법을 다양하게 구사하는 것을 보면 그저 무인 같지만, 특유의 기운이 느껴지는 것이 태연파와 손을 잡은 삼합회의 흑사단이 떠올랐다.

파파파팡!

퍼퍼퍼퍽!

'으음, 확실히 내력을 사용할 수 있는 자다. 전에 파악했던 자들과 비슷한 종류의 기운을 사용하는 것을 보니, 틀림없을 것이다.'

놈과 나누는 손속에 깃들어 있는 내력이 비슷한 것을 보면 중국에서 만났던 자들과 같은 소속일 확률이 높다는 생각이 들었다.

혹사단의 탈을 뒤집어쓰고 중국 정부에서 내려오는 비밀스러운 임무를 수행하는 비첩이라는 자들과 말이다.

'그나저나 우리가 오는 것을 미리 알고 있지는 않았을 테고, 태연파를 감시하고 있었거나 이곳을 지키고 있었던 모양이로군.'

공사장에서 태연파를 조사하는 동안 나타난 자들에 대한 것은 걸리는 것이 없었다.

직접 움직이는 태연파를 배후에서 감시해 오고 있었던 것이 분명했다.

'아무래도 시간을 끌고 있는 것 같아 보이는데, 이미 지원을 요청한 건가?'

처음에는 선제공격을 했지만, 여의치 않자 방어 위주로 바꾼 후 내 공격을 버티며 시간을 끌고 있다.

나를 제압할 자신이 없어서 연락을 취하고, 시간을 끌며 지원을 올 누군가를 기다리는 것이 분명하다.

— 형, 지원을 요청한 것 같아. 빨리 끝내야겠어.

— 여긴 두 놈 남았다.

퍼퍼퍽!

피리리리릿!

놈의 공격을 틀어막으며 뒤로 빠르게 물러나며 손가락 사이에 끼고 있던 대못에 기운을 실어 날렸다.

파팟!

피피피핏!

예상치 못한 공격이었는지, 급히 회피하려는 놈에게 접근해 혈을 찍으며 기운을 담았다.

'반탄력!'

나승호도 단번에 제압한 수법이었는데, 반탄력 때문에 기운을 전부 집어넣지 못했다.

재빨리 공세를 바꿔 가슴에 정권을 뻗었다.

펑!

퍼퍽!

콰직!

비틀거리며 뒤로 물러나는 놈의 허리와 머리를 발로 후려치자 일체형 고글이 박살 나며 쓰러졌다.

'혹시 모르니.'

예전에 파악한 적이 있는 비첩이라는 자들과 연관이 있는 것이 확실하기에 마지막으로 쓰러진 자에게 훗날을 위해 조치를 취했고, 나머지 자들도 마찬가지로 손을 써놓았다.

— 형, 끝났으면 계단에서 만나자. 그리고 이 자식들 무기는 다 챙겨야 할 것 같아.

― 알았다.

쓰러진 자들이 사용하던 무기들을 챙기고, 계단 쪽으로 달려가니 형도 오고 있다.

― 형, 먼저 올라가 있어.

― 왜?

― 그자의 수하들이 확실하니, 형이 쓰러트린 자들에게 조치를 취해야 할 것 같아서 그래.

― 빨리 와라.

무기들을 넘기고 곧바로 뒤쪽으로 가서 형이 처리한 자들에게 조치를 취했다.

지금 한 조치들은 내가 가지고 있는 에너지의 일부를 뇌에 심는 것이다.

지금은 별로 쓸모가 없는 것이지만, 2차 각성을 하고 진성 각성자가 된 뒤에는 큰 효과를 발휘할 것이다.

조치를 끝내고 위로 올라가니, 형이 애마의 수납공간 안에 쓸어온 무기들을 넣고는 마무리를 하고 있었다.

― 형, 어서 타.

― 그래.

애마 위에 올라타고 곧바로 상공으로 띄웠다.

― 성찬아, 집으로 가는 것이 아니었냐?

곧바로 이동하지 않고 호버링한 채 상공에 정지해 있자 형이 물었다.

— 쓰러진 자들이 본대에 지원을 요청한 것 같아서 말이야.

— 그럼, 놈들을 추적할 생각이냐?

— 아무래도 그래야 할 것 같아. 무공을 익힌 것으로 봐서는 중국에서 잠입한 그자의 수하들일 확률이 높으니, 이 기회가 아니면 놈들을 확인하기 어려울 것 같아서 말이야.

— 알았다.

놈들이 무엇을 노리는지 알아야 할 필요가 있었다.

섣불리 덤빌 일은 아니지만, 단서는 찾아야 하기에 지원조를 기다릴 필요가 있다.

— 3단계 메타 프로그램 가동!

인비저블 마법과 무소음 장치를 가동시켜 KN—1000의 모습을 상공에서 지웠다.

인식 차단 장치보다는 못하지만, 웬만해서는 상공에 우리들이 있다는 것은 파악할 수 없을 것이다.

— 형, 저기 온다.

10여 분 동안 1,000미터 상공에서 기다리고 있으니, 멀리서 공사 현장으로 달려오는 차량들이 보였다.

급하게 운전을 하고 오는 모습을 보니, 놈들의 지원조가 틀림없었다.

— 차량에는 발신기를 부착하고 전부 촬영해.

— 예, 마스터.

차량이 도착한 후, 애마에 탑재된 에고에 명령을 내리자 미세한 소음과 함께 차량에 추적기가 부착됐다.

'얼굴을 드러내도 상관이 없다는 건가?'

공사장으로 진입한 자들은 일체형 고글을 쓰고 있지 않았다.

마력으로 코팅된 감광 필터를 사용하는 터라 어두운 밤이지만 선명하게 촬영할 수 있을 것이다.

현장으로 진입한 자들은 쓰러진 자들이 살아 있다는 것을 확인하고는 널브러져 있는 놈들을 수습하기 시작했다.

일체형 고글이 부서진 탓인지, 호흡이 곤란해지는 것을 우려해서인지 곧바로 벗겨내고는 타고 온 차량에 조심스럽게 싣기 시작했다.

'신속하고 일사분란하게 움직이는 모습을 보니, 한두 번 해본 솜씨가 아니로군.'

무기들을 찾기 위해 여기저기 수색을 하지만, 찾을 수 없자 이내 현장을 빠르게 정리한 후 차량을 타고 현장을 빠져나갔다.

공중에서 잠시 기다린 뒤 차량과의 거리가 어느 정도 벌어지고 나서 놈들의 뒤를 쫓았다.

놈들이 공사장 안에 머물고 있는 동안 초소형 발신기를 차량에 붙여 뒀기에 20킬로미터 뒤에서 쫓아도 항상 확인이 가능한 상태다.

놈들이 어디로 가는지 밝혀내는 것은 문제가 없을 것이다.

─ 형, 상대했던 놈들 말이야. 능력자는 아니지만 아무래도 중국 쪽 놈들이 확실한 것 같아.

─ 검을 든 것도 그렇고, 자신들의 수법을 감추려고 했지만 기본적인 움직임을 보면 그런 것 같더라.

─ 태연파 조직원을 대신해 삼합회에서 그 땅을 감시를 하고 있었다면 처음부터 관여하고 있었을 가능성이 큰데, 형은 어떻게 생각해?

─ 그럴 확률이 높지. 더군다나 삼합회와 그자의 협력 관계는 특별한 축에 속하니 말이다.

태연파에서 콘크리트 공으로 위장해 현장으로 잠입한 자들은 모두 박살이 났다.

최소한 전치 10주 정도 되는 상처를 입었으니, 태연파에서 현장을 감시하고 지킨다는 것은 어려웠을 것이다.

만약 태연파 단독으로 벌인 일이라면, 방금 전 벌어진 싸움은 일어날 수 없는 일이었다.

─ 그러면 삼합회에서 본격적으로 움직이는 것 같아서 확인하기 위해 추적을 생각한 거냐?

─ 일단 놈들의 움직임이 흑사단의 검은 그림자라는 비첩들 같아서 말이야.

─ 비첩이라니? 내가 모르는 뭔가 있구나?

내가 뭔가 알고 있다는 것을 형이 알아챘나 보다.

— 그래, 형. 마지막 작전을 끝내고 난 뒤에 우연치 않게 중국 쪽에서 일부러 게이트가 발생시키는 것일 수 있다는 첩보를 입수할 수 있었어. 그때 알게 된 자들이야.

— 첩보라니 뭐였는데?

— 처음 작전에 투입됐을 때, 내가 말했지?

— 누가 일부러 게이트를 활성화하고 있다는 느낌이 든다고 했지. 혹시, 너 혼자 떨어져서 움직이고 있을 때 별도로 조사를 해봤던 거냐?

— 그래, 형. 아무래도 이상해서 말이야. 그때도 사전에 아무것도 잡히지 않아서 조사를 했는데, 간신히 흔적을 찾을 수 있었어.

— 중국에서 말이냐?

— 그래, 형.

— 돌아올 때가 지났는데도 안 오더라니, 그때 조사를 해본 거구나?

— 맞아, 형.

— 우리 작전이 노출되면서부터 이상하다고 생각했어. 게이트가 진짜로 있었으니 말이야. 게이트가 발생한다는 것을 정확하게 알고 있다고 해도 우리를 함정으로 몰아넣는 작전을 짜는 것은 거의 불가능해. 게이트 발생이 워낙 불규칙하니 말이야.

─ 놈들이 그런 함정을 파기 위해서는 인위적으로 게이트를 발생시켜야만 가능하다는 거구나?

─ 맞아. 그래서 따로 움직이며 조사를 했어. 그리고 중국에서 색다른 첩보를 입수할 수 있었어.

─ 색다른 첩보라니?

─ 마지막 작전 지역 인근에서 중국 정부 요원들 다수가 움직인 후에 일제히 빠져나갔다는 첩보였어.

─ 그러면 중국 정부가 직접 관여했다는 소리구나. 그때는 중국 정부고, 이번에는 그자와 협력 관계를 맺고 있는 삼합회라면 네 말이 맞겠다. 그렇게 인위적으로 여는 것을 보면 중국 쪽에서 게이트를 열고 뭔가를 찾고 있는 것이 틀림없는 것 같다. 그것도 전력을 기울여서 말이야.

중국 정부의 주요 요인들과 삼합회의 수뇌부는 음으로 양으로 밀접한 관계를 맺고 있다.

이런 일이라면 같이 움직인다고 봐야 하니, 형이 고심이 되는 모양이다.

─ 나도 그렇다고 생각해. 형이 말한 것처럼 중국 정부와 최대 폭력 조직인 삼합회가 뭔가를 노리고 게이트를 활성화시키고 있는 것이 분명해 보이니 말이야.

한반도 내에서 게이트가 활성화된 사건은 지금까지 100여 차례에 달하고, 대변혁 이후 수복한 두만강이나 압록강을 너머까지 합치면 500여 차례가 넘는다.

중국에서 돌아온 후 지난 몇 년간 스페이스를 통해 조사해 본 결과, 그중에 반 이상이 누군가 의도적으로 연 흔적이 남아 있었다.

중국이나 러시아 쪽에서 그런 것이 아닌가 하는 심증은 갖고 있었지만, 그동안 확증은 없었다.

자신들의 땅이라면 몰라도 한반도와 점령 지역은 국정원에서 철저하게 경계 중이기 때문이다.

그런데 마지막 작전과 이번 일로 확신할 수 있었다.

중국이나 러시아 쪽에서 다른 대차원과 연결된 게이트를 열기 위해 아주 오래전부터 대대적으로 움직이고 있는 것이 분명했다.

— 단독으로 움직이는 것이 아니라, 계획적으로 움직이고 있는 것이 틀림없다면, 이건 심각하게 생각해 볼 문제다.

— 맞아. 그리고 놈들이 찾는 것이 신화시대에 열렸던 게이트라면 문제가 커질 수도 있어. 내가 조사해 본 대로라면 인위적으로 열린 흔적이 있는 곳들이 고조선 시대의 고대 신화와 관련이 있는 곳들이었으니까 말이야.

내 말을 들은 형의 얼굴이 찌푸려진다.

— 거기가 어디냐?

— 디스플레이할 테니까 확인해 봐.

─ 으음.

신음을 흘리는 것을 보니, 형이 쓴 고글 위로 내가 조사했던 것들이 떠올랐나 보다.

─ 나에게도 띄워봐.

애마의 인공지능과 연동된 스페이스가 그동안 조사해 온 내용을 고글 위로 띄웠다.

─ 지금 표시된 장소들은 고고학 조사에서 고조선 시대의 유물들이 나온 곳들이면서 누군가 인위적으로 게이트를 연 곳이야, 형.

─ 으음. 위치를 보면……. 그렇구나. 놈들은 신화시대의 유물을 노리는 것이 틀림없다.

한반도의 신화시대는 고조선 이전의 아주 옛날이다.

누군가에 의해 인위적으로 게이트들이 열린 곳 모두가 고조선의 강역이었던 곳이고, 바로 각성자로 만들 수 있는 의지를 지닌 유물 정도는 아니지만, 어찌 되었든 유물이 발견된 곳이다.

─ 아무래도 놈들이 노리는 것은 신화시대의 힘을 가지고 있는 유물이 틀림없다.

─ 나도 그렇게 생각하고 있어. 게이트를 열면서 나오는 에너지를 통해 감춰져 있던 유물이 반응을 할 테니 말이야.

놈들이 찾는 것은 일반적인 유물이 아니다.

우리가 속한 대차원이 아니라 다른 대차원과 접촉했던 유물을 찾고 있는 것이다.

인위적으로 게이트를 열고 있는 것도 그렇고, 다른 대차원과 접촉했던 신화시대의 유물을 찾는 것도 그렇고, 정말 심각한 문제다.

― 일단 놈들을 쫓아가 보면 뭔가 나올 테니, 놓치지 말아야겠다.

― 그래, 형.

차량들은 서하남 IC를 통해서 외곽 순환 도로에 올랐다. 태연파가 인천에 있으니 그곳으로 가는 모양이다.

새벽 두 시가 넘어가는 시간이라 차량이 거의 없어 전조등 불빛을 보고 육안으로도 쫓는 것이 가능했다.

'자유 무역도시로 가는 건가?'

인천공항이 개항한 후 개발된 인근 업무 지구로 차량들이 줄이어 향하고 있다.

잠시 뒤에 고층 빌딩들이 빼곡하게 늘어선 업무 지구가 보인다.

외곽에 켜진 항공등들이 건물의 규모를 짐작하게 한다.

자유 무역도시를 표방하는 곳답게 거대 화교 자본이 들어왔다고 하던데, 놈들도 그곳에 아지트를 튼 모양이다.

불 꺼진 사무실들이 대부분이지만, 환하게 켜져 있는 곳이 보인다.

추적하던 차량들이 모두 그곳으로 들어갔다.

이 지역 명물로 통하는 화티엔(華天) 타워다.

— 화티엔 타워라면, 그자가 확실한 것 같다.

— 만만치 않겠어, 형.

— 그래, 일단은 돌아가서 어떻게 해야 할지 생각을 해보자. 그자가 연관된 것이 틀림없는 것 같고, 게이트가 열리려면 최소 20일은 남았으니까 최대한 알아보고 알리는 것이 좋겠으니까.

— 알았어, 형.

중국 내 10대 그룹 중 2위를 차지한 거대 기업 집단이 화티엔 그룹이다.

그룹에 속한 40개의 기업체를 아우르면 매출 규모 3조 6천억 위안, 한화로 600조 원에 육박하는 초거대 기업이다.

이와 더불어 기업 이권에 얽힌 일들을 이면에서 처리하는 흑사단이라 불리는 폭력조직을 거느리고 있어 무력 면에서도 대담한 곳이기도 하다.

화티엔 그룹이 거느리고 있는 흑사단은 삼합회를 구성하는 세 축 중 하나다.

특히나 한국에 진출한 그자는 흑사단주로 기업 부문뿐만 아니라 어둠의 세계에서도 큰 세력을 소유하고 있으니, 섣불리 건드릴 만한 일이 아니었다.

— 스페이스, 붙여놨던 발신기 소거시켜.

— 소거 조치 완료했습니다, 마스터.

— 저 건물 말이야. 스캔 가능한지 알아봐. 감지기에 걸리지 않게 조심하고.

— 알겠습니다, 마스터.

발신기를 폭파시키고, 건물에 대한 스캔이 진행되는 동안 잠자코 기다렸다.

— 마스터, 틈을 찾아봤지만, 외벽을 중심으로 빌딩 전체에 인식 차단 배리어가 깔려 있어서 내부를 파악하는 것은 불가능합니다.

예상대로 인식 차단 배리어가 쳐 있다니, 더욱 확신이 간다.

— 형, 인식 차단 배리어가 깔려 있어서 내부를 파악하는 것은 불가능한 것 같아.

— 그것만으로도 큰 수확이다. 일단 집으로 돌아가자.

— 알았어.

지금으로서는 손을 쓸 방법이 없기에 애마를 돌려 집으로 향했다.

집으로 돌아오는 내내 생각을 정리할 것이 많아 형과의 대화는 없었다.

창고로 돌아와 원래 있던 장소에 애마를 정박시킨 후 커버를 씌웠다.

"어떤 것인지는 살펴는 봤냐?"

"인식 차단 장치의 규모도 그렇고 지금까지 나온 적이 없는 최신형인 것 같아. 지금으로서는 스캔이 불가능한 건물이야. 아무래도 각성자까지 대비를 한 것이 분명해."

"으음, 진성 각성자까지 염두에 두고 방어 시스템을 짰다니, 예상한 대로구나."

"화티엔 그룹이 그 건물을 어떻게 소유했는지 알아봐야 할 것 같아, 형."

"그래, 건물을 짓는 도중에 부도가 나서 화티엔으로 넘어갔다고 했으니, 한번 조사해 보자."

본래 화티엔 타워는 77층짜리 업무용 빌딩이었다.

그러던 것이 시행사가 부도가 나서 화티엔 그룹으로 넘어갔고, 88층으로 설계를 변경한 후에 완공이 됐다.

소유권이 변동되는 과정을 살펴보면 화티엔 그룹이 어떤 방식으로 인천에 정착을 했는지 알 수 있을 터였다.

"설계도를 구해보면 건물 구조 정도는 나올 테니, 조사하는 김에 확보해야 할 것 같아, 형."

"직접 침투할 생각이냐?"

"아무래도 그래야 할 것 같아 보여서 말이야."

"어렵기는 하겠지만, 설계도를 얻는 것이 불가능한 것은 아니니 구해보마. 하지만 어떻게든 졸업시험 전까지는 끝내는 것으로 하자."

"그래, 형."

이번 것은 반드시 확인을 해야 한다.

졸업시험이 머지않았지만, 그저 형식적인 시험이라 부담이
가지 않아서 다행이다.

제 2 장

얼마 전까지만 해도 격렬한 전투가 있었던 공사 현장에는 혹사단에서 온 비첩들이 잠재운 경비원을 제외하고는 아무도 없었다.

자재가 무너지는 소리가 주변에 들렸을 법한데도 신고가 들어가지도 않았고, 주변을 순찰하는 경찰들도 소란을 인지하지 못한 듯 현장에는 오지 않았다.

공사장 인근을 암중에 통제하는 자가 있었기 때문에 가능한 일이었다.

성찬과 성진이 떠나고 한 시간여가 지나자 공사장에 변화가 생겼다.

모두가 떠난 공사 현장에 거의 5미터가 넘는 펜스를 뛰어 넘는 자들이 있었던 것이다.

사사사삿!

검은 야행복을 입은 자들은 일사 분란하게 움직이며 공사장 주변에 동심원을 그리며 뭔가를 땅에 설치하고 있었다.

10미터 간격으로 설치되고 있는 것은 아래에 삼각대가 달린 원기둥 같은 것들이었다.

장치들이 작동을 시작했는지 공사장을 빙 둘러 설치된 원기둥 상부에는 푸른색의 패널이 움직이기 시작했다.

파츠츠츠츠츠!

패널이 정점에 달하자 푸른 구체가 원기둥 위에 생성이 되더니 스파크를 흘리기 시작했다.

스파크는 자신의 목적지를 향해 뻗어 나갔다.

구체에서부터 양옆으로 뻗어 나간 스파크는 서로 연결이 되었고, 얼마 지나지 않아 안정을 이룬 듯 레이저 광선처럼 변했다.

잠시 뒤에 공사장 전체를 빙 둘러싼 광선들이 변화를 일으켰다.

푸른색의 광선들이 하늘과 땅을 향해 수직으로 퍼져 나갔고, 투명한 장막을 형성하기 시작했던 것이다.

장막의 영향인지 외부에서 바라보는 공사장의 모습과 10미터 간격으로 설치되어 있는 원기둥들이 흐릿해지며 사라졌다.

타타타탁!

지상과 지하에 감싸는 장막 형태의 투명한 구체는 내부의 상황을 알아내지 못하도록 만드는 인식 차단 장치였다.

보안이 확보되자 야행복을 입은 자들이 지어지고 있는 건물 안으로 들어섰다.

"건물에 새겨진 마법 회로를 확인해라."

가녀려 보이는 실루엣을 가진 이가 지시를 내리자 야행인들이 부산하게 움직이며 콘크리트 구조물의 각 층을 돌아다니며 마법 회로를 확인하기 시작했다.

다른 야행인들의 움직임과는 달리 수하들에게 지시를 내린 자 옆에 서 있던 이는 자신의 품에서 은색의 구체를 꺼내 들었다.

"지금 바로 할 거니?"

"응! 언니. 맡은 일에는 실수가 하나도 없는 아이들이니 그래야 하지 않을까? 게이트가 발생하는 것을 막으려면 시간이 얼마 없으니 말이야."

"그렇기는 하지만……."

"걱정하지 마, 언니. 그 녀석들 여기서 난리를 치기는 했지만, 맡은 일은 완벽하게 일을 끝내고 한 것일 테니까 말이야. 얼마 있지 않아 사람들이 지나다닐 시간이니, 미리 준비해 두는 것이 좋아."

"그래. 준비하자."

고개를 끄덕인 여자는 구체를 양옆으로 잡고 있는 동생의 손을 피해 아래위로 잡았다.

두 사람은 구체에 자신들의 기운을 흘려 넣었다.

우우우웅!

미세한 진동과 함께 구체에서 백색의 미광이 흘러나와 두 사람의 손을 감쌌다.

콘크리트 구조물을 확인했던 야행인들이 일제히 돌아와 수신호를 보냈다.

― 언니, 내 말이 맞지? 그 녀석들이 완벽히 끝냈을 거라고 했잖아.

― 그런 것 같다. 이제 시작하자.

― 알았어.

쏴―아아아!

백색의 미광이 구체에서 퍼져 나와 두 사람의 몸을 타고 흐르더니 이내 콘크리트 구조물로 흘러들었다.

백색의 미광이 성진과 성찬이 만들어 놓은 배관을 따라 흐르고 있었다.

두 사촌 형제가 설치한 배관들은 지금까지 알려진 적이 없는 고위 마법진을 형성하는 마법 회로였기에 가능한 일이었다.

대변혁 이후 마법진이라는 신개념의 회로가 등장했다. 산업 전반에 걸쳐 엄청난 파장을 불러왔지만, 콘크리트에 새겨져 있다니 정말 놀라운 일이 아닐 수 없었다.

— 역시, 전혀 막힘이 없구나. 하지만 들어가는 마력의 양이 장난이 아니다.

— 이 정도면 간신히 끝내기는 할 것 같지만, 아무래도 조절을 잘 해야 할 것 같아.

— 그래야 할 것 같다.

예상한 것보다 많은 양의 마력을 소모하는 것을 느끼며 두 여인은 안배가 끝날 때까지 마력의 양을 조절했다.

에너지 배관에 백색 미광이 거의 들어찰 때까지 조절을 했음에도 여의치가 않았다.

게이트 발생 시점에서 퍼져 나오기 시작한 에너지의 양이 예상보다 많았기 때문이었다.

— 힘내라. 이제 얼마 남지 않았다.

— 아, 알았어, 언니.

마력 조절이 흔들리는 것을 느낀 여인의 텔레파시에 동생은 정신을 추스르고 다시 마력양을 조절했다.

사력을 다하는 듯 구체를 들고 있는 두 사람의 몸이 떨리고 있었다.

그렇게 시간이 지나고 얼마 후, 두 사람이 잡고 있던 구체는 사라지고 더 이상 백색의 미광이 흘러나오지 않았다.

"헉! 헉!"

"헉! 헉! 성공했어?"

상황을 묻는 동생의 목소리에 지시를 내리던 여인이 콘크리트 구조물을 살폈다.

마법진을 형성하던 백색 미광은 어느새 사라지고 없는 것을 확인할 수 있었다.

"하아, 그런 것 같다."

"휴우, 다행이네."

거친 숨을 토해내는 두 사람은 자신들이 설치한 마법진이 활성화되는 것을 확인하며 안도했다.

"에너지 감응 장치를 살펴보자."

"알았어."

동생인 여인이 팔을 들었고, 그녀의 손을 따라 허공에 홀로그램이 나타났다.

"언니, 흘러나오는 에너지 파장이 변했어."

"이제 여기는 안심이군."

"그렇지만 앞으로 쉽지 않을 거야. 여기보다 더 큰 에너지 파장을 가진 게이트들이 계속 열릴 테니까 말이야. 언니도 알다시피 우리가 막을 수 있는 데는 한계가 있어."

"알고 있다. 어차피 그 아이들이 2차 각성을 하기 전까지만 막으면 된다."

"그래도 힘이 들 거야."

"할 수 없는 일이다. 그게 우리가 맡은 역할이니까. 이제 그만 철수하자."

"그래, 언니."

자신들이 맡았던 임무를 끝냈기에 떠나야 할 시간이었다.

언니인 여인이 수하들에게 지시를 내렸다.

"인식 차단 장치를 회수하고 떠난다."

"보중하십시오."

"그래, 수고했다."

지시가 떨어지자 산개한 야행인들이 설치되어 있던 인식 차단 장치를 전부 회수하더니 이내 펜스를 넘어 공사장을 떠났다.

"우리도 가자."

"알았어."

야행인들이 떠나고 난 뒤 주변을 다시 한 번 살핀 가녀린 두 인영도 이내 공사장을 떠났다.

백색으로 된 공간!

열을 지어 놓은 침대 위에는 다수의 사람들이 의식을 잃고 누위 있었다.

삐! 삐! 삐!

바이탈을 체크하는 기계음이 병실을 울리고 있었다.

의식을 잃고 누워 있는 이들에게 부착된 센서를 통해 전송된 데이터들이 체크되며 울리는 신호음이었다.

얼마 뒤에 정적을 깨트리며 병실 안으로 들어오는 자가 있었다.

화티엔 그룹의 한국 법인을 맡고 있는 장천이었다.

"어떻게 된 일인가?"

누워 있는 자들을 보며 인상을 찌푸리던 장천이 자신을 수행한 비서에게 물었다.

"공사장에 두 명의 침입자가 있다는 연락을 한 후 사로잡기 위해 전투를 벌였지만, 모두 당했습니다."

"두 명?"

장천이 놀라 반문했다.

"예, 두 명입니다."

"비첩 열넷과 조장 하나가 기껏 두 명에게 이 꼴이 됐다는 건가?"

겨우 두 명에게 반수는 팔다리 골절, 조장을 비롯한 반수는 두개골 골절이라는 중상을 입었다는 사실이 장천은 믿어지지 않았다.

'도대체 어떤 놈들이기에⋯⋯.'

최대한 잡음이 끼지 않도록 주의를 했는데, 흑사단의 비첩들이 속수무책으로 당한 것이 의문이 아닐 수 없었다.

'진성 각성자의 행방은 모두 확인을 했고, 비맥들도 이 땅을 떠난 마당에 비첩을 손쉽게 제압할 수 있는 자들이 이 땅에 남아 있었던 건가? 으음, 역시 쉽지 않은 곳이로군. 변수가 나타난 이상 어쩌면 목표를 수정해야 할 수도 있다.'

대변혁이 끝나고 난 뒤 두 세상을 이루는 에너지 기반이 바뀌었다. 에테르와 카오스가 융합되어 안정 상태를 이루는 새로운 에너지 형태인 코스모스가 세상에 영향을 미치기 시작하면서 장천이 바라는 것은 오직 하나였다.

화하족의 근간인 반고의 유산을 얻는 것!

반고의 유산은 장천의 목표이자 그룹의 목표이기도 했다.

목표를 달성하기 위해서 무엇보다 필요한 것이 카오스였지만, 대변혁 이후 새로운 세상에서는 사라진 터라 방법을 마련해야 했다.

그래서 장천과 화티엔 그룹이 선택한 것은 외부 대차원과의 게이트를 열어 카오스를 끌어들이는 것이었다.

대류천안과 협력하며 지금까지 수백여 차례 시도를 하는 동안 무수한 실패를 겪었다.

에테르와 카오스가 분리되지 않는 게이트가 대부분이었고,

여는 것이 성공한 곳도 반고의 유진을 활성화시키기 위해 필요한 에너지가 아니었다.

가능성이 가장 높은 한반도와 통합 대한민국의 강역에 있던 것들은 게이트를 여는 것을 방해하는 자들이 있어서 계속해서 실패해 버렸다.

방해 세력을 없앤 후, 지난 몇 년간 비밀리에 성공 가능성이 큰 곳을 찾아왔다.

통합 대한민국 정부에서 스캔이 끝난 곳에서 지금까지 찾아 낸 것 중에서 가장 성공 가능성이 큰 게이트 발생 예정지를 발견했다. 하지만 난데없는 방해 세력이 끼어들어 일이 틀어졌기에 마음이 답답했다.

방해할 만한 요소들을 제거했음에도 계획이 뜻대로 진행이 되지 않았기 때문이었다.

"게이트는 어떻게 됐나?"

"발생 에너지를 관측한 결과, 아직 활성화되지 않은 것은 분명합니다."

"예정 개방 시기는 언제지?"

"적어도 20일 후에나 동기화가 끝날 것 같다고 합니다."

"코스모스가 분리될 확률이 얼마나 된다고 했지?"

"포화도를 역산한 결과 자잘한 수치를 제외하고 초기 측정 시 82퍼센트, 최종 측정 시 94퍼센트를 기록했습니다."

"으음, 그렇다면 이번에 열리는 것이 진짜라는 건데. 겨우 찾은 게이트인데, 이런 상황이라니……."

몇 년 전에 발굴하려다가 통합 대한민국의 특수전 전력이 개입하는 바람에 실패한 이후로 많은 후회를 했었다.

에너지 적합도가 99퍼센트에 달하는 것이었기에 막대한 피해를 각오하고서라도 전력을 기울여 얻어야 했었기 때문이다.

"좋아. 기회가 언제 다시 올지 알 수 없는 일이다. 이번에는 전력을 기울인다."

오랜 세월 다져 온 기반이지만, 더 이상 기회를 놓치고 싶지 않았던 장천은 한국 지부의 모든 것을 걸기로 했다.

"대형! 전부 말입니까?"

"더 이상 기회가 없을 수도 있다. 코스모스가 분리만 된다면 지금까지 한국 내 만들어둔 기반은 아무것도 아니니 준비를 하도록 해라."

"알겠습니다."

"비첩들은 언제 깨어날 것 같은가?"

"브리턴에서 구한 포션을 써서 어느 정도 회복 단계에 들어섰으니, 사흘 후에는 원상태로 회복될 겁니다."

"그나마 다행이로군."

자신의 수족이라고 할 수 있는 이들은 대부분 본토에 머물러 있고, 그나마 다른 계파와 대립하느라 건너올 수 없는 상황이라

쓸 수 있을 만한 수하들이라고 한국 내에 있는 비첩밖에 없었다. 사흘이면 회복한다니 다행이었다.

"깨어나면 본토에서 올 비첩들과 함께 우리를 방해한 놈들을 추적하도록 해라."

"본토에서 비첩들이 온다는 말입니까?"

"그쪽 상황도 만만치 않으니, 그들을 뺄 수 있는 시간은 얼마 되지 않는다. 본토의 비첩들이 한국에서 활동할 수 있는 기간은 게이트가 열리기 전까지일 테니 한국 내 흑사단의 모든 역량을 집중해 지원할 수 있도록 해야 한다."

"처리해 놓도록 하겠습니다, 대형!"

"그리고 아무래도 그 쥐새끼 같은 자들을 만나봐야 할 것 같다."

"약속을 잡을까요?"

"조찬이나 함께 하자고 전해라. 쥐새끼들에게 줄 먹이 상자도 넉넉히 준비하고. 이용할 수 있는 것은 다 이용해야 하는 상황이니 말이다."

"그럼 태연에는 어떻게 전할까요?"

수행 비서이자 의동생인 윤건호가 물었다.

"음흉한 놈이라서 웅크리고 있다가 우리를 물지도 모르지만, 일단 사실대로 알려줘라. 인천에 있는 조직이기는 하지만 나름 대로 발이 넓은 놈들이니, 빨빨거리고 돌아다니다가 단서를 잡을지도 모르니 말이야.

"그렇게 하겠습니다."

"가자."

"예."

장천과 윤건호는 화티엔 그룹 지하에 마련된 병실을 떠나 그 동안 관계를 유지하고 있던 자들을 만나러 갔다.

돈밖에 모르는 자들이지만, 한국 내에서는 막강한 영향력을 미치는 위인들이라 자신의 계획을 방해한 자들을 찾는 데 도움이 될 수도 있기 때문이었다.

7선의원인 장국호는 통합 대한민국의 여당인 새온당의 원내 총무다.

대변혁이 있기 전에 국회의원이 되어 통합 대한민국이 건국되기까지 장장 28년을 새온당에 머문 그는 10여 년 전부터 화티엔 그룹의 은밀한 지원을 받아 당권을 장악한 실세 중에 실세였다.

패널을 통해 전송되는 전자 신문을 선호하는 편이 아닌 그는 새벽같이 일어나 신문을 보는 것으로 하루 일과를 시작하고 있었다.

띠리리리!

'무슨 일이 있군.'

신문을 보며 사색에 잠겨 있던 장국호는 스킨 패널에 떠오른 번호를 보고 터치를 했다.

— 안녕하십니까, 의원님?

"윤 비서가 어쩐 일인가?"

— 지사장님께서 오늘 조찬을 함께 하자고 하십니다.

"조찬이라니?"

국정원 때문에 빌딩 건을 처리해 준 이후로는 일정하게 거리를 두었다.

이렇게 갑작스러운 조찬은 의외가 아닐 수 없었다.

— 지사장님께서 의원님과 상의드릴 일이 있다고 합니다.

"사실인가?"

— 예, 의원님. 의원님을 비롯해 김 의원님과 서 차관님도 함께 식사를 하실 예정입니다.

세계적인 대기업인 화티엔 그룹의 한국 지사장이 초대하는 자리이기도 하지만 1년 앞으로 다가온 총선 때문에라도 장국호는 거절할 생각이 없었다.

더군다나 당 내부에서 진보 파벌을 이끄는 김찬동과 안전행정부의 서진우 차관이라면 지금까지 자신과 함께 장천으로부터 물밑 지원을 받아온 이들이라 어디로 말이 샐 염려도 없었다.

"모이는 장소는 어딘가?"

— 편하게 삼성동에 있는 파이크 호텔 로즈 룸으로 잡았습니다. 모임 시간은 여덟 시입니다, 의원님.

"알았네. 가도록 하지"

— 감사합니다. 그럼 조금 있다 뵙겠습니다.

장국호는 손등에 삽입된 스킨 패널을 껐다.

당 대표를 맡아도 모자랄 정도로 다선 의원이기는 하지만 언제나 뒤에 있기를 좋아하는 것이 장국호다.

대변혁이 일어난 후 세상이 바뀌었다는 것을 그 누구보다도 먼저 캐치한 장국호는 다른 행보를 보였다.

모난 돌이 정 맞는다고 전면에 나서기 보다는 뒤에 서서 실권을 쥐고 움직이는 것이 새로운 세상에서 살아가는 데 유리하다는 것을 깨닫고는 배후에서 권력을 쥐기 위해 노력해 왔다.

배후 권력으로 남기 위해 가장 필요한 것이 자금이었는데, 화티엔 그룹과 인연을 맺으면서 상당 부분 재정 문제를 해결하면서 공생 관계를 유지해 오고 있는 터였다.

"김찬동이 하고, 서진우를 부른 것을 보면 부탁할 일이 있나 보군."

부탁을 들어주면 반대급부를 확실히 챙기는 것이 장천의 스타일이다.

그것도 국정원이나 검찰, 그리고 선관위 같은 감시의 눈길을 완벽하게 피해서 제공했다.

"하하하, 내년 총선은 걱정이 없겠어."

총선을 치르자면 자신의 계파에 속한 의원들에게 실탄을 지원해야 하는데, 이번에는 걱정하지 않아도 될 것 같았다.

"씻어볼까?"

장국호는 몸을 씻기 위해 욕실로 향했다.

미지근한 물로 샤워를 마친 장국호는 벽에 걸린 장에서 브리턴에서 가져 온 마력 포션 한 병을 꺼내 들었다.

그가 지금 마시려고 하는 마력 포션 또한 장천이 보내온 것 중 하나였다.

꿀꺽!

"카아! 좋군. 역시 브리턴 산이야."

지속적으로 마력 포션을 마셔서인지 작년에 회갑이 지났는데도 불구하고 피부는 30대 못지않았다.

장국호는 거울 속에 비친 자신의 탱탱한 모습을 보면 지극히 만족스러웠다.

"그럼 슬슬 나가볼까?"

마력 포션이 지구로 들어온 후 건강 문제는 염려를 접어도 되는 상황이라 언제나 의욕적으로 권력을 탐하는 장국호였다.

의원회관으로 가는 것이라면 기사가 운전을 하겠지만 장천과의 조찬 약속이었기에 장국호는 곧장 자신의 차를 운전해 삼성동으로 향했다.

장국호가 움직이는 시각.

조찬에 초대된 김찬동과 서진우도 차를 몰고 삼성동으로 향하고 있었다.

그들 또한 장국호처럼 오랜 시간동안 장천으로부터 후원을 받은 자들이었다.

— 차장님, 장천이 움직였습니다.

스킨 패널에서 흘러나오는 목소리에 박인준은 정신을 차렸다.

'이 자식이 한 번 움직이기 시작하면 국내 정치계가 요동을 치는데……'

중국 내 고위층과 연결이 되어 있고, 삼합회와도 밀접한 관련을 맺고 있어 요주의 인물로 꼽히는 장천이다.

평소라면 장천이 화천 빌딩에서 나오지 않을 시간이었다.

국가정보원 제1차장인 박인준은 장천이 평소와 다른 행보를 보인다는 보고에 신경을 곤두세웠다.

"이른 아침에 어디로 가는 거지?"

— 조금 전에 외곽 순환 도로를 빠져나왔고, 움직이는 방향으

로 봐서는 삼성동 쪽인 것 같습니다.

"삼성동이라면 파이크 호텔이겠군. 지금 시간대라면 조찬 모임인 것 같은데, 누가 참석하는지 확인을 해봐. 곧바로 갈 테니 말이야."

— 알겠습니다, 차장님.

박인준은 국가안전부 내에 마련된 자신의 숙소에서 나와 곧장 국내 상황실로 갔다.

모니터와 패널이 가득한 통제실 벽면 중앙에는 조찬 모임에 참석하는 자들의 면면이 보이고 있었다.

"장국호, 김찬동, 그리고 서진우라⋯⋯."

여당 내 실세와 중진, 그리고 통합 대한민국의 치안과 안전을 책임지는 자가 장천과 조찬 모임을 갖는 것이기에 박인준의 머리가 빠르게 돌아가기 시작했다.

북한이 무너지며 대한민국이 통합된 이후로 주적의 개념이 바뀐 상태였다.

수많은 진통 끝에 새롭게 바뀐 국가보안법에 따르면 외세에 협조해 국가를 위태롭게 할 경우 전방위적인 감시 권한이 부여되며, 증거를 확보할 경우 이유 여하를 막론하고 최고형에 처할 수 있도록 되어 있다.

사실 세 사람은 오래전에 제5열로 파악이 된 자들이다.

몇 년 전 중국과의 대대적인 정보 전쟁 이후 대통령의 재가를 얻어 실시한 특별 사찰에서 걸려든 자들이었다.

국회의원의 경우 선거관리위원에서 실시하는 검열을 거쳐도 능력자가 아니라면 걸릴 것이 없었지만, 서진우가 걸려든 것은 충격적인 일이었다.

차관으로 올라갈 때까지 그동안 실시해 온 모든 검열에서 제외가 되었던 자였기 때문이었다.

새온당의 이끌고 있는 자들과 차관급이 관련이 있다는 것을 확인하고 그동안 커다란 그물을 짜며 감시해 왔다.

장천이 이들에게 부탁한 것이라고는 기업을 하면서 흔히 용인되는 것들이었고, 그마저도 국제 자유무역도시에 화티엔 그룹 건물을 사들일 때만 청탁을 했던 터라 감시만 하고 있었는데, 수상한 움직임을 보이고 있는 것이다.

'조찬 모임의 목적인 내년 총선을 대비하는 것이라면 시기가 무척 빠른데?'

통합 대한민국 국회의 의석수는 모두 500개로 총선은 앞으로 1년이 조금 더 넘게 남아 있었다.

내년 12월에 치러지는 총선을 위해서 지금부터 움직이지는 않았을 것이기에 박인준은 머리가 지끈거렸다.

"백 과장, 요원들 배치는 끝났나?"

대상의 의도를 파악할 수 없었던 박인준이 자신의 직속인 백승호에게 물었다.

"배치를 하기는 했습니다만, 무슨 대화를 하는지는 알아내지 못할 것 같습니다."

"인식 차단 장치가 설치된 건가?"

"그렇습니다."

"정말 심상치 않군."

"알파 요원들을 투입시킬까요?"

"아니야. 그랬다가 들키기라도 하면 곤란해질 수 있어. 지금은 옛날이 아니니 말이야."

진성 각성자로 구성된 요원들을 투입하는 것이 아직은 시기상조였기에 박인준은 고개를 저었다.

"장천은 만만치 않은 놈이야. 인식 차단 장치를 사용한 것을 보면 알파 요원들의 접근도 예상한 것 같으니까 섣부른 침투는 상황만 악화시킬 뿐이니 말이야. 그리고 알파 요원들을 투입시킨 것이 알려지기라도 한다면 외교적으로도 큰 문제가 될 수 있으니 다른 방향으로 접근하자."

장천이 한국으로 진출한 후 여러 번 요원을 파견했다가 뜻하지 않게 잃은 적이 있던 터라 박인준은 신중을 기할 수밖에 없었다.

"차장님, 그렇다면 목표를 모임에 참석하는 자들로 바꾸는 겁니까?"

"그래. 하지만 자칫 드러나면 정치 사찰로도 비춰질 수 있으니 조심하도록 하고."

"알겠습니다. 알파 요원들은 세 사람에게 붙이도록 하겠습니다."

"좋아. 그러면 지금부터 화티엔 그룹의 행보에 대해 전부 조사해. 최근 1년 사이에 특이 동향이 있었는지 말이야. 무엇보다 세 사람과의 관계를 집중적으로 파악하도록."

"화티엔 그룹만입니까?"

"백 과장, 장사 한두 번 하나?"

"알겠습니다. 그렇지만……."

평소 머뭇거리는 법이 없는 탓에 박인준은 상황이 여의치 않음을 깨달았다.

"무슨 어려운 일이라도 있나?"

"차장님, 세 사람 이외에 태연에 알파 요원을 붙이는 것이 당장은 어려울 것 같습니다."

지금 상태로는 세 사람을 감시하기에는 어려운 점이 있었기에 보고를 하지 않을 수 없었다.

"그게 무슨 소리인가?"

"그것이 세 사람에게 요원들을 붙이고 나면 남는 S급 요원이 없는 상황입니다."

"으음, 3차장을 지원하러 간 요원들이 아직까지 돌아오지 않은 건가?"

3차장인 김성수는 국외 파트 중에서 동아시아를 담당하고 있었다. 중국과 접경 지역에서 실시 중인 작전을 위해 자신의 휘하에 있는 알파 요원들을 파견 보냈다는 사실이 기억이 났다.

"그렇습니다. 3차장님께서 이번에 발견한 것들이 심상치 않은 모양입니다."

"그렇다면 할 수 없군. 그쪽 일도 중요하니까 말이야. 그렇지만 태연의 양아치 새끼들도 만만치 않은 놈들이라 S급 요원으로 붙여야 하는데, 이거 고민이군."

태연파의 보스인 최종학과 그와 의형제이자 부두목인 나승호는 진성 각성자이면서 랭커이기에 일반 요원을 붙이기는 어려웠다.

"으음, 그러면 어쩔 수 없지. 장외에 있는 S급 프리랜서를 쓰도록 하지. 제일 가까운 자들은 어디에 있는지 파악은 하고 있지?"

"수도권에서는 강동구 쪽에 두 명이 있습니다."

"그럼 그들에게 맡겨. 다른 것은 요청하지 말고 태연의 움직임만 파악해서 알려달라고 전해."

"수수료는 어떻게 할까요?"

"예산은?"

"많이 부족한 상황입니다."

몇 년 전부터 해결사라 불리는 프리랜서를 이용해 처리하는 일이 빈번해지고 있지만, 국가 예산에 한정이 있어 제대로 된 보수를 지급하지 못하고 있었다.

자금이 빠듯한 상황이지만 의뢰가 의뢰인 만큼 제대로 된 보수를 지급해야 했다.

"S급이라면 A등급으로 책정해야지, 별수 있나?"

"그럼 최단기간으로 잡아 의뢰를 하도록 하겠습니다."

A등급 수수료는 하루에 10억 단위로 넘어간다.

태연파의 보스인 최종학은 통합 대한민국의 유물 각성자 중에서도 수위를 다투는 자라 어쩔 수 없는 선택이었다.

"기간은 10일 정도로 해. 여당에서 올해 예산을 삭감해서 빠듯하니까 말이야."

"알겠습니다."

백승호의 대답을 들은 후 박인준은 상황실을 나섰다.

'원장님께 보고를 드려야겠군.'

장천의 움직임은 항상 예상치 못한 파장을 불러왔기에 박인준은 원장인 강상진을 만나러 가야 했다.

"원장님은?"

"아직 오시지 않았습니다, 1차장님."

"그럼 기다리지."

비서의 말에 박인준은 소파에 앉아 강상준이 오기를 기다렸다.

10여 분이 흐르자 강상진이 문을 열고 들어왔다.

"무슨 일인가?"

"드디어 장천이 움직이는 것 같습니다."

"으음, 들어오게."

강상진은 발걸음을 빨리해 집무실로 들어갔다.

"자리에 앉게."

소파에 자리한 강상진의 말에 박인준이 마주하고 앉았다.

"장천이 움직일 시기가 아닌데, 누군가?"

"새온당의 원내총무인 장국호와 진보 계열 수장인 김찬동, 그리고 서진우 차관과 함께 지금 삼성동에서 조찬 모임을 갖고 있습니다."

"조찬 모임 정도 가지는 것으로 이 시간에 올리는 없고. 무슨 일인가?"

"전과는 달리 모이는 장소에 진성 능력자도 침투가 불가능한 인식 차단 장치가 설치되었습니다."

"진성 각성자도 안을 들여다볼 수 없는 인식 차단 장치를 설치했다면……."

마법을 활용한 장치들 중에 가장 빠른 발전을 보이고 있는 것이 바로 인식 차단 장치다.

능력자들이 판을 치는 세상이 되고 나자 정보에 대한 보안이 그 어느 때보다 중요해진 까닭이다.

그렇지만 엄청난 비용을 지불해야 하는 탓에 일반적인 경우 잘 설치하지는 않는다.

고정 시설도 아니고, 조찬 모임을 갖는 장소에 인식 차단 장치를 설치한 것을 보면 큰일이 벌어질 가능성이 높았다.

"아무래도 이거 냄새가 나는군."

"예, 원장님. 그래서 알파 요원들을 세 사람에게 붙였습니다. 그리고 3차장의 작전 때문에 이원이 부족해서 태연 쪽에는 프리랜서를 붙이기로 했습니다."

"S급 요원에 준하는 프리랜서가 수도권에 있었나?"

"두 명이 있다고 합니다."

"잘됐군. 면밀히 감시하고, 시간 단위로 보고를 해주게. 그리고 만에 하나 비상사태가 발생할 수도 있으니, 제2국에도 도움을 요청하게."

"고맙습니다, 원장님."

"바쁠 텐데 나가보게."

"그럼!"

원장을 만나러 온 목적을 달성했기에 박인준은 인사를 하고 원장실을 나섰다.

그가 향한 곳은 각성자를 전담하고 있는 제2국이었다.

장천이 나선 만큼 정치 쪽을 담당하고 있는 자신뿐만 아니라, 각성자를 담당하고 있는 2차장 고용석의 도움이 필요하기 때문이었다.

장천의 뒤에는 화티엔 그룹뿐만이 아니라, 삼합회의 한 축을 담당하고 있는 흑사단이 있다.

중국 정부가 보유하고 있는 진성 각성자만큼은 아니지만, 단일 조직으로 최대의 인원을 보유하고 있기에 만약의 사태를 대비해 도움을 요청하려는 것이었다.

'국내법이 아니라 국제법이 적용되는 자유 무역지구를 떠나 직접 움직였다면 절대 화티엔 그룹의 일 때문이 아니다. 그렇다면 차원 관련 문제인데…….'

몇 번의 보안 절차를 거쳐 국가정보원 제일 지하에 위치한 2국으로 가는 엘리베이터에 탄 박인준은 장천이 움직이는 이유를 추론하기 위해 애를 쓰다 고개를 저었다.

'단서가 너무 없군. 저번 총선 이후로는 잠잠해서 특급에서 일급으로 하향 조정한 것이 실착이로군. 잠잠한 것이 오히려 이상한 일인데 말이야.'

지난 총선이 끝난 후, 장천은 그동안 화티엔 그룹과 관련한 행보만 보였다.

국회의원들과 정부를 대상으로 로비를 벌이며 차원 교육권을 따내기 위해 많은 노력을 기울이고 있었기에 방심한 것이 뼈아팠다.

띵!

엘리베이터 문이 열렸다.

'어차피 차원 교역권을 얻는 것은 여당의 국회의원들을 동원한다고 해도 각 차원의 승인이 없는 이상 불가능한 일이었는데, 너무 안일했어. 네놈이 뭣 때문에 움직이는지 모르지만 쉽지만은 않을 것이다.'

장천이 무엇을 위해 움직이는지는 몰라도 제2국이 나선다면 큰 문제없이 저지할 수 있을 것이다.

엘리베이터에서 내려 막다른 곳에 다다르자 누군가 박인준을 기다리고 있었다.

"오셨습니까, 1차장님?"

각성자 관련 첩보 부서를 맡고 있는 윤학준의 인사에 박인준이 미소를 지으며 윤학준을 보았다.

"후후후, 오랜만이군."

자신이 맡고 있는 제1국에서 알파 요원으로 있다가 진성 각성자가 되어 제2국으로 옮긴 윤학준은 박인준이 평소 아끼는 후배였다.

"원장님께 오신다는 연락은 받았습니다."

"새로 옮긴 자리가 마음에 드는 모양이군."

"적성에 맞는 것 같습니다. 그나저나 차장님께서 건강하신 것을 뵈니 기분이 좋습니다."

중국과의 전쟁에서 스파이로 활약하던 시절에 입었던 총상으로 인해 건장이 좋지 않았던 것을 기억하고 있던 윤학준이 웃으며 말했다.

"하하하! 아직 팔팔하다네. 포션의 도움도 좀 받았고."

"차원 교역 물품 중에 좋은 것들이 많죠. 이런, 제가 말이 좀 많았군요. 2국으로 들어가시기 전에 일단 보안 검사를 좀 하겠습니다."

"그러지."

박인준이 손등을 내밀자 윤학준이 손을 들었다.

자신의 능력으로 본인 여부를 확인하는 것은 물론, 정신 기생체가 존재하는지 파악하는 것이었다.

"이상이 없군요. 들어가시죠, 차장님."

"고맙네."

"별말씀을!"

윤학준이 손을 들자 막다른 벽면이 일렁이며 푸른빛의 문이 나타났다.

이면 공간으로 진입하는 게이트였다.

"수고하게."

"나오실 때 뵙겠습니다."

박인준이 게이트로 들어서자 윤학준은 손을 저었고, 게이트가 사라졌다.

"차장님에게 도움을 받으러 오신 것을 보니 재미있는 일이 벌어지겠군."

열렸던 게이트가 닫히고 난 뒤 윤학준의 얼굴에 기대감이 떠올랐다.

1국에서 진성 각성자의 도움이 필요하다면 오랜만에 신나게 몸을 풀 수 있을지도 모른다는 생각이 들었다.

"후후후, 나도 들어가 봐야겠지."

박인준과는 달리 신형이 흐릿해진 윤학준은 자신의 능력으로 이면 공간으로 넘어갔다.

각종 보안장치가 가득한 곳인 이면 공간은 허락이 있지 않는 한 넘어갈 수 없는 곳이다. 제2국에 속한 진성 각성자만이 가진 특별한 혜택이자 능력이었다.

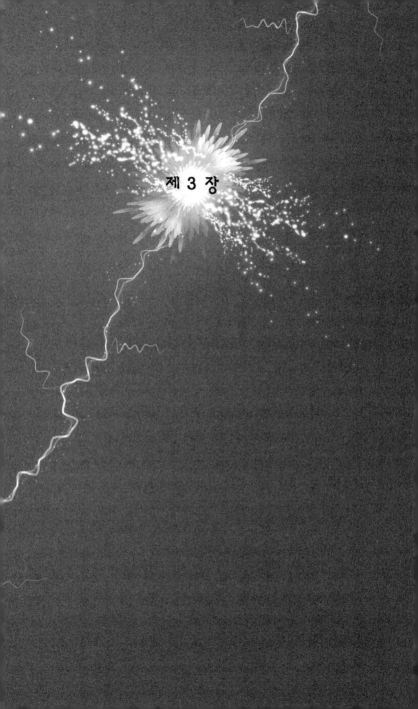

제 3 장

집으로 돌아온 후 곧바로 지하 석실로 향했다.

화티엔 그룹의 장천과 관련이 있는 이상, 나승호에게 심문할 것이 많았기 때문이었다.

의자에 묶은 채 정신을 잃고 있는 나승호의 혈을 두드려 깨웠다.

"으음."

"정신 차렸나?"

"또 무슨 일이냐?"

"물어볼 것이 있어서 말이야."

"더 이상 할 말이 없다."

"너는 없어도 나는 궁금한 것이 많아서 말이야. 화티엔 그룹에서 그곳을 노리는 건가?"

"어, 어떻게… 헙!"

직접적으로 치고 들어가자 얼떨결에 수긍을 하더니 곧바로 입을 다문다.

"화티엔 그룹과 최종학이 기업 부문 이외에 손을 잡고 게이트를 열려고 한다는 말이지? 재미있군. 한국에 진출한 후 승승장구하는 화티엔 그룹이 그런 일에 나설 리는 없고. 흑사단이 나선 것이로군. 으음, 장천이 직접 움직이고 있는 건가?"

독백하듯 흘리는 내 말에 나승호의 눈동자가 쉴 새 없이 굴러다닌다.

"역시, 장천이로군. 현장에 나타난 자들은 흑사단의 비첩들이고. 호오, 이거 재미있는데? 각성자들이 한국에 잠입해 있다니 말이야. 놈들이 한국으로 잠입하는 데 태연파에서 도왔을 것이 분명하군."

내가 자신을 제압한 것을 보면서 그저 그런 배관공이라고는 생각이 들지는 않겠지만, 이 정도까지 알고 있을 줄은 몰랐나 보다.

"다, 다 알고 있는 것을 보니 국정원 요원인가?"

"후후후, 그건 마음대로 생각을 하고. 현재까지 내가 확인한 것은 이 정도다. 자, 이제 나에게 할 말이 없나?"

"……."

"진성 각성자가 국내로 몰래 잠입한 것이 무엇을 뜻하는지 알지?"

진성 각성자가 정식 절차를 밟지 않고 입구하는 것은 국제법상 금지된 일이다.

특별한 능력을 가진 이들이라 무슨 일을 벌일지 모르기 때문이다.

진성 각성자가 밀입국을 한 것이 밝혀지면 즉각적인 처단 작전이 실시된다.

위험성이 아주 큰 만큼 국가에 소속된 진성 각성자 대부분이 움직이기에 밀입국한 진성 각성자가 살아날 가망성은 전혀 없다.

밀입국을 지원한 자의 처벌도 아주 엄격하다.

국가보안법에 따라 국가 내란죄에 준하는 처벌을 받는데, 최소 무기 또는 사형이 구형된다.

"최종학이 직접 나서지는 않았을 테고. 밀항을 했다면 네가 주도했을 텐데 말이야. 이제 부는 것이 좋지 않을까? 아니면 너만 억울하게 독박을 쓸 텐데 말이야."

생각을 하는 것인지, 잠시 침묵하던 나승호가 입을 열었다.

"그 땅의 일은 화티엔 그룹의 한국 지사장, 아니, 흑사단의 단주인 장천이 부탁한 일이다."

"그 정도는 나도 알고 있다. 내가 알려고 하는 것은 그것이 아니야. 장천이 게이트를 열려고 한 이유에 대해서 아는 것이 있느냐 하는 거다."

"으음, 그건 나도 잘 모른다. 우리 쪽에서 장천과 접촉한 것은 오직 회장님뿐이었고, 회장님도 장천이 어째서 그 게이트를 열려고 하는지 정확히는 모르는 것 같으니 말이다."

"최종학 정도면 어느 정도는 알고 있을 텐데?"

"정확히는 몰라도 어느 정도는 알고 계신 것 같았다. 상대의 의도를 파악하고 움직이는 것이 회장님이 일하는 방식이니까."

유물 각성자지만 정부에 등록이 안 된 자들의 순위를 매기는 비공식 랭킹의 상위권을 차지하는 자가 태연파의 보스인 최종학이다.

태연테크놀러지를 비롯해 여러 가지 사업을 하고 있기는 하지만 태연파의 보스는 조폭이자 유물 각성자인 까닭에 서울로 진출하는 것은 문제가 많다.

물론 그럴 수도 있기는 하지만 건물을 소유하는 것은 몰라도 사업을 시작하려 한다면 서울에 터를 잡고 있는 유물 각성자들로부터 강력한 압박을 받을 것이기에 결코 쉽지 않은 일이다.

더군다나 화티엔 그룹, 아니, 흑사단의 장천과 협력을 했다는 것이 알려지게 되면 전면적인 공격을 받을 수 있기에 섣불리 결정할 수 없는 선택지였다.

'그런 여러 가지 위험을 감수하면서도 그 땅을 얻으려 했다면 최종학은 게이트에 대해 알고 있었던 것이 분명하다. 장천이 왜 게이트를 노리는 것인지 확실하게 알고 있었고 말이야. 내가 국정원 요원이냐고 물었던 것은 보면 나승호도 어느 정도는 짐작을 하고 있었을 것이다. 여전히 감추려고 하는군. 시간을 끌고 싶은 건가?

게이트에 대해서는 바로 조치가 가능하기에 장단을 맞춰줄 필요가 있었다.

지금 중요한 것은 최종학의 상태가 어떤 것이냐 하는 것이기 때문이다.

최종학이 어떤 상태에 있느냐에 따라 게이트보다 위험할 수도 있으니 말이다.

"그것은 이제 됐고. 이제부터 최종학에 대해서 설명해 봐. 처음부터 같이 했으니 최종학에 대해 제법 많은 것을 알고 있을 테니 말이야."

"그건 말할 수 없다."

"의리를 지키겠다는 건가?"

"그렇다."

"보복이 두렵나?"

"……."

묵비권을 행사하기로 했나 보다.

"네 가족들을 잡고 있나? 후후후, 그렇군. 양아치 새끼가 능력을 얻더니 더 양아치 같아졌군. 심복의 가족을 인질로 잡다니 말이야."

"……."

"후후후, 너 말이야. 최종학이 무사할 거라고 보나? 다른 일도 아니고 수도권에서 게이트를 열려고 했는데 말이야."

"……."

"너는 잘 모르겠지만 말이야. 최종학이 게이트를 여는 것에 관련이 있다면 국정원 2국에서 움직일 거야. 네 보스인 최종학이 랭커라고 해도 2국에서 움직인 이상 죽음 목숨이지. 거기는 진짜 괴물들이 모여 있는 곳이니까 말이야."

움찔하는 것이 나승호도 2국에 대해서 들은 모양이다.

국가기관에 소속되어 있는 터라 랭킹에서 제외되었지만, 누구보다 강한 진성 각성자들이 모여 있는 곳이라는 것을 말이다.

"이래도 말할 수 없나? 최종학에 대해서 말이야."

"……."

내가 최종학에 대해서 이렇게 집요하게 묻는 것은 지난 사건과 연관이 있어서다.

게이트에 대해서 더 이상 묻지 않는 것은 전부 밝혀낸 것이나 마찬가지다. 부여된 코드를 통해 국정원에 연락을 취하면 그다음은 알아서 할 것이니 말이다.

"보스에 대해 말해주겠다."

잠시 생각을 하던 나승호가 입을 열었다.

"잘 생각했어. 사실일 경우 증인 보호 프로그램을 실행해 주지. 국정원에서 시행하는 증인 보호 프로그램은 꽤 신뢰할 수 있으니 믿어도 될 거야."

"가족들도 포함되는 건가?"

"당연하지. 그렇게 하지 않으면 의미가 없으니까. 네 딸과 아내도 포함이 될 거야."

"알았다. 참고로 보스는 인질을 잡고 협박이나 하는 분이 아니다. 가족을 가지고 위협을 한 놈은 장천이었다. 화티엔 그룹으로부터 보호를 해줄 수 있나?"

"내가 확답을 주기는 어렵겠지만, 국정원이라면 믿을 수 있지."

"믿겠다. 보스는 인천의 조그마한 조폭 단체의 우두머리였다. 대변혁이 일어나던 날……."

나승호가 입을 열어 최종학에 대해 말하기 시작했다.

그가 어떻게 해서 능력을 얻은 것인지와 태연파를 성장시킨 것에 대한 이야기였다.

나승호의 말에 따르면 대변혁이 일어날 당시 태연파의 보스였던 최종학은 마니산에서 등산하다가 기연을 얻었다고 한다.

역사에도 기록되지 않은 아득한 고대 시절의 무공이 적인 유물이 대변혁과 동시에 세상에 드러났고, 마침 그곳에 있던 최종 학과 인연이 닿아 얻을 수 있었다고 한다.

신기한 것은 최종학이 고대 유물을 얻으면서 1차 각성과 더불어 2차 각성이 진행이 되었는데도 불구하고 유물의 의지에 의한 시험을 받지 않았다는 것이었다.

유물을 통해 2차 각성이 진행이 되면 반드시라고 할 정도로 의지의 시험을 받게 된다는 것이 정설이었지만, 최종학은 그런 것이 없었다는 것이다.

대변혁과 동시에 유물로 각성을 하면서 진성 각성자와 같은 상태가 된 것을 보면 아마도 최종학이 얻은 것은 특별한 유물일 가능성이 높다.

"최종학이 얻었다는 유물을 본 적이 있나?"

"없다. 당시에 보스와 같이 등산하고 있었던 나는 충격파를 감당하지 못해 정신을 잃었기에 보스가 무엇을 얻었는지는 모른다."

"으음, 그렇군. 그러면 어떻게 세력을 키웠는지 한번 말해봐라."

"유물 각성자가 된 보스는 인천의 작은 조폭 조직이었던 태연파를 정비하고 세력을 키우기 위해 전쟁을 시작했다. 능력을 이용해 다른 조직을 흡수하거나 적대적으로 합병해 버렸다. 인천을 전부 병합하는 데 걸린 시간은 불과 한 달밖에 걸리지 않았다. 그리고 지금까지 인천을 근거로 세력을 키우고 있다."

"장천과는 어떻게 연결이 된 거지?"

"조직들을 일소하고 인천 전체를 장악한 후에는 차이나타운을 중심으로 진출해 있던 삼합회와 부딪혔다. 놈들도 세력을 키우는 시점이었기에 필연적으로 싸울 수밖에 없는 상황이었지. 삼합회와 수 년간 처절한 전쟁이 이어졌다. 놈들과 싸우면서 생명의 위협을 몇 번이나 느낄 정도로 전쟁은 치열했다."

"삼합회도 마찬가지였겠군."

"그렇다. 세계를 아우르는 거대 조직이기는 하지만 인천에서만큼은 우리 태연파에게 밀렸다. 모두 보스와 가진 능력 덕분이었다."

"그렇게 피 터지게 싸우다가 멈춘 모양이군. 장천이 중재를 한 건가?"

"그렇다. 삼합회는 누적되는 피해를 감당하기 힘들었을 뿐만 아니라, 통일된 대한민국 내에 제대로 된 기반을 만들고 싶었기에 먼저 우리에게 손을 내밀었다. 내가 장천을 처음 본 것도 바로 그때였다. 형제의 연을 맺는 자리에 그가 직접 나왔으니까. 그렇게 태연파는 삼합회와 형제의 연을 맺은 조직이 되었고, 지금까지 이어져 왔다."

"뭐 그저 그런 스토리로군. 자 이제 본격적인 질문하지. 장천이 게이트를 얻으려는 이유가 뭐지?"

"나는 모른다."

"후후후, 진짜 그럴까?"

나는 나승호의 눈을 바라보며 물었다.

눈동자가 미세하게 떨리는 것은 보면 이자는 어째서 장천이 게이트를 얻고 싶어 하는지 알고 있는 것이 분명했다.

"……."

"후후후, 내가 말해줄까?"

"뭐, 뭘 말이냐?"

"장천이라는 자식은 말이야. 세상이 변하면서 자신이 가져야 할 것들을 가질 수 없게 되었을 거야. 게이트는 놈이 원하는 것을 얻을 수 있는 열쇠라고도 할 수 있지. 바로 대변혁 이전에 존재했던 힘 말이야. 후후후, 어때! 내 말 중에 틀린 것이 있나?"

"으음."

"내가 그런 것까지 알고 있어서 놀란 모양이로군. 다른 대차원과 연결된 게이트가 열리면 차원 충돌로 인해 세상의 기반이 되는 에너지가 분리되는 것을 모를 줄 알았나? 나승호! 아니, 유물 각성자 양반!"

"하하하, 알고 있었나?"

제압을 당한 채 의자에 묶여 앉아 있었던 것과는 달리 아주 자신만만한 표정으로 호탕하게 웃으며 말한다.

'걸려들었으니 이제부터 시작인가?'

나와 형에 대해 알고 싶어 한다는 것을 느끼고 흥미를 느끼도록 일부러 내가 가진 능력 중에 하나인 점혈법을 사용해 놈을 제압했다.

이제 얻을 만한 정보는 다 얻었으니 본색을 드러내려고 하는 것 같은데, 뜻대로 되지는 않을 것이다.

저자는 나에 대해서 알아낸 것이 거의 없지만, 나는 대부분 알아냈으니 말이다.

'순간적으로 판단하고 정보를 얻기 위해 일부러 잡혀 있던 것을 보면 머리도 꽤 돌아가는 편이고. 최종학 밑에 있기는 아까운 자로군.'

조폭이라는 탈로 자신을 감춰온 것을 보니 생긴 것 답지 않게 속에 능구렁이를 서너 마리 키우는 놈이라는 생각이 든다.

무식하게 폭력을 휘두르는 조폭들이 대부분이라 이런 자는 보기 쉽지 않은 일인데 말이다.

역시 예상을 벗어나지 않는다.

유물을 얻은 각성자의 패턴을 말이다.

대변혁이 일어난 후 세상이 변하며 사람들이 모두가 1차 각성을 했다.

사람들이 자기 자신이 존재하는 의미를 알게 되면서 모든 것이 변해갔지만, 세상은 크게 달라지지 않았다.

모두가 함께 변했기 때문이다.

그렇지만 특별한 것도 있었다.

바로 유물을 얻은 자들이다.

대변혁과 함께 나타난 유물을 얻은 자들은 1차 각성뿐만이 아니라 2차 각성을 했다.

각성을 통해 영혼에 잠재된 능력을 사용할 수 있게 된 자들이 생겨난 것이다.

현화를 통해 해결사들 모으면서 유물을 통해 각성한 자들 중에는 내가 알고 있던 것과는 다른 자들이 있다는 것을 알 수 있었다.

유물을 얻는 순간부터 의지의 시험을 받지 않고 완벽하게 자신의 것으로 만든 자들이 존재한다는 것이다.

아마도 최종학 또한 그런 경우이지 않을까 싶다.

재미있는 것은 이런 자들이 얻은 유물들은 단독으로 세상에 나타난 것이 없다는 것이다.

신화에서처럼 주신 밑에 여러 신들이 있듯이 유물이 나타난 유적에는 주된 유물과 함께 다른 것들도 함께 나타난다는 것이다.

최종학과 함께 있었다면 나승호도 유물을 얻었을 것이다.

이야기인 즉, 나승호도 의지에 잠식당하지 않은 유물 각성자라는 소리다.

'후후후, 자신 있나 본데, 뜻대로 안 된다는 것도 있다는 걸

알아야 할 거야.

저렇게 자신하고 있지만, 처음부터 의심을 하고 있었다.

의뢰를 받고 태연파가 관여되어 있다는 것을 알아낸 순간부터 준비를 해왔으니, 나승호의 저 웃음도 얼마 가지 못할 것이다.

우리에 대해 알기 위해 제압을 당한 척했다는 것을 알고 있었으니 말이다.

"후후후, 봉인을 풀려는 건가?"

"의외로군. 내가 어떤 능력을 가지고 있는지 알고 있었던 모양이군."

"어떤 능력을 지녔는지는 모른다. 그렇지만 나에게서 뭔가 알아내기 위해 일부러 제압당했다는 것 정도는 이미 알고 있었지."

"아주 머리가 좋은 놈이군. 그렇다면 이제 끝났다는 것은 알겠지."

우드드드득!

봉인을 풀었는지 의자와 함께 엮어 놓은 줄은 가볍게 끊어내며 놈이 일어선다.

"2차 각성을 하지도 않았는데, 태연하군."

"후후후, 뭐, 그 정도까지야."

우드드득!

내가 비아냥거린다는 것을 느낀 것인지, 나승호가 봉인을 풀었다.

에너지가 확산되는 것과 동시에 잡아두었던 혈 자리가 일제히 터져 나가며 점혈이 풀려 버렸다.

'처음 부딪쳤을 때 느낀 거였지만, 역시나 육체 계열 각성자로군. 기세도 상당하고.'

봉인을 풀자마자 느껴지는 존재감이 대단하다.

현장 사무소에 나승호와 붙었을 때 숨겨진 힘을 느끼며 각성자임 알 수 있었는데, 상당히 강력한 육체 강화 능력자인 것 같다.

'별로 보기 좋은 모습은 아니군.'

체격이 반 배나 더 커지고 이목구비를 비롯해 얼굴 윤곽이 굵직굵직한 것이 옛날 영화에서 헐크라는 돌연변이를 보는 것 같은 느낌이다.

'저 정도면 쉽지 않을 것 같은데, 비갑을 그대로 차고 있어서 다행이군.'

나승호를 만나면 이런 경우가 발생할지도 몰라서 화티엔 타워에서 온 그대로의 복장을 하고 있는 중이다.

비갑도 차고 있어서 충분히 상대해 볼 만하다.

뭐하면 전투 슈트를 착용해도 되고 말이다.

— 스페이스, 저자의 데이터를 전부 수집해.

― 알겠습니다, 마스터.

"에휴!"

성진은 모니터에서 흘러나오는 화면을 보면서 한숨을 쉬었다.

"예전부터 전투에 미친 녀석인 줄은 알았지만, 의지에 잠식 당하지 않아 진성 각성자나 마찬가지인 자를 혼자 상대하려고 하다니…….".

무모할 정도로 각성자와의 싸움에 집착하는 사촌 동생의 성격을 아는 터라 말릴 수 없었기 때문이다.

"분석을 해달라고 부탁을 했으니 하긴 한다만……. 제발 다치지 마라, 성찬아."

나승호가 특별한 유물 각성자인 것이 확실하고, 일부러 잡혔다는 것을 알면서도 석실에 홀로 들어간 성찬의 부탁이 있는지라 성진은 빠르게 준비된 것을 실행시켰다.

동생이 설치한 마법진을 이용해 기파가 빠져나가는 것을 막고, 배리어를 가동시켜 지하 석실을 이루고 있는 화강석을 수천 배 강화시켰다.

그리고 석실 곳곳에 설치된 센서의 포커스를 나승호에게 맞춘 후 두 사람이 싸우기를 기다렸다.

'쉽게 붙지는 않을 모양이니, 구급상자라도 챙겨놓자.'

화면을 보니 탐색을 하느라 서로 대치한 채 움직일 줄을 몰랐기에 성진을 재빠르게 구급상자를 챙겼다.

암상을 통해 구입한 브리턴산 포션들과 각종 응급약이 들어 있는 구급상자를 챙긴 성진은 화면에 주목했다.

가로가 4미터 세로 1미터 정도인 거대한 모니터에는 두 사람의 모습 말고도 여러 개의 화면이 분할되어 보이고 있었다.

화면을 반으로 갈라 좌측에는 두 사람의 모습이 우측에는 수십 개로 분할되어 여러 가지 그래프들이 오르내리며 센서에서 감응된 신호들을 디스플레이하고 있었다.

퍼퍼퍼펑!

서로 대치를 하다가 먼저 움직인 것은 나승호였다.

나승호가 조직 폭력배로서 수많은 싸움을 경험한 자지만, 성찬이 싸워왔던 것과는 비교할 수가 있는 것은 아니었다.

대치를 하면서 틈을 찾지 못했기에 조급함을 느낀 탓에 먼저 움직였던 것이다.

'조급했군. 하긴, 나라도 어려운 일이니까.'

군 복무 시절 특수 임무를 수행하며 진성 각성자와 수도 없이 전투를 치렀던 동생에게서 빈틈을 찾는다는 것은 성진도 어려운 일이었다.

2차 각성을 한 진성 각성자라도 예외는 아니었다.

1차 각성만 했음에도 게이트를 열려 했던 진성 각성자들을 단 하나의 예외도 없이 처리했던 동생에게 나승호는 그저 약간 어려운 상대에 불과했다.

파파파파팟!

파파파파팡!

빠른 속도로 움직이며 공방을 주고받는다.

모니터에서 보이는 모습이 눈으로 쫓기 힘들 정도로 현란하기 그지없다.

200제곱미터 가까이 되는 석실이지만, 사실 속도가 다른 진성 각성자와 전투를 치르기에는 그리 넓지는 않은 공간이라고 할 수 있다.

일반인의 대여섯 배나 되는 속도를 가진 터라 골방이나 다름없는 터라 마주 보고 싸우는 것이나 진배없다.

"쯧! 쯧!"

모니터에 나타난 그래프를 보며 성진이 끌탕을 했다.

격렬한 공방이 이어지는 것 같았지만, 나타난 수치로 보면 나승호는 지금 동생을 시험하고 있었다.

"성찬이를 상대로 간을 보다니, 미친놈이로군. 우리에게 배후가 있다고 생각하는 건가?"

자신과 동생에게 배후가 있고, 어떤 전력이 이번 일에 투입되었는지 알아보려는 것이 분명했다.

하지만 배후라고는 전무한 상황이라 나승호가 생각 자체를 잘못한 것이다.

'금방 끝나겠군.'

진성 각성자와 생사를 앞에 두고 수수히 많은 전투를 했던 성찬은 어설프게 시험해 볼 수 있는 상대가 아니다.

자신이 특별한 각성자라는 허울에 눈이 가려 상대를 잘못 보고 있는 것이다.

"이제 어느 정도 데이터가 나왔으니, 슬슬 본격적으로 움직이겠구나."

동생인 성찬도 나승호의 생각을 느꼈을 터였다.

데이터 수집을 위해 지금까지 본인의 진짜 실력을 꺼내지 않았지만, 이제부터는 달라질 것이기에 성진은 센서의 감도를 최대한 높였다.

파팟!

퍼퍼퍼퍼퍽!

측정하는 수준이 달라진 것을 알아차린 듯 방어 위주로 움직이며 간혹 공격을 하던 성찬의 움직임이 달라졌다.

성찬은 빠르게 파고든 후 날아오는 공격을 쳐 낸 후 나승호의 상반신에 연신 주먹을 꽂아 넣었다.

주먹으로 맞을 때마다 육체 강화를 한 나승호의 가슴이 움푹 움푹 들어갔다.

강철처럼 단단한 육체 강화자의 피부와 근육을 뚫고 내부에 충격을 줬다.

휘—익!

파파파팟!

큰 충격을 받은 나승호가 어떻게 하든지 반격을 시도하려 노력을 했지만, 성찬의 움직임이 더 빨랐다.

타타탓!

퍼퍼퍼퍼퍽!

에너지가 잔뜩 담긴 나승호의 공격을 피해 빠르게 뒤로 물러난 후, 우측으로 신형을 꺾더니 곧바로 파고들어 다시 주먹을 꽂았다.

성찬의 주먹은 조금 전에 때렸던 곳과 한 치도 벗어나지 않고 그대로 틀어박혔다.

"큭!"

퍼퍼퍼퍼퍽!

나승호의 신음 소리가 채 끝나기 전에 성찬의 공격이 다시 틀어박혔다.

육체 강화 능력자의 경우 기본적으로 각성 상태에서 1톤의 충격량을 감당할 수 있는 능력을 가지고 있다.

나승호의 경우 능력을 끌어 올려 최대 10톤까지 충격량을 감당할 수 있는 신체 스펙을 가지게 되었음에도 내부에서부터 퍼져 나오는 아픔을 견디기 힘들었다.

성찬을 살피며 진성 각성자가 아님을 확인했기에 나승호는 이해할 수가 없었다.

1차 각성이 이루어진 이후 소설에서 나오는 정도는 아니지만, 상당한 능력을 발휘했기에 무인이라 불리던 이들이 각광을 받았다.

하지만 그뿐이었다.

무인이 펼치는 공격은 모기에 물리는 것만큼이나 별다른 상처나 충격을 줄 수 없기 때문이다.

자신의 앞에서 공격을 해대고 있는 성찬은 분명 1차 각성자다.

그럼에도 자신에게 말 못할 고통과 충격을 주고 있는 중이다.

무엇보다 설혹 2차 각성을 한 이라 할지라도 자신의 공격이 하나도 통하지 않는다는 것이 이상했다.

몇 번은 반격을 시도했지만, 한 번도 공격을 성공시키지 못한 나승호는 성찬에게 동네북처럼 얻어맞았다.

그리고 마침내 석실 바닥으로 쓰러지고 말았다.

— 형, 어때?

"2차 데이터까지 전부 수집했다. 그런데 그놈은 어떻게 할 거냐?"

― 이 정도면 쓸 만한 것 같아서 일단 유물부터 회수하려고 하는데.

"크크크, 그래. 네 마음대로 해라. 유물을 빼앗겼다는 것을 알면 미치려고 하겠군."

유물을 회수하기 위해 성찬이 나승호에게로 다가가는 것이 모니터로 보였다.

옷을 잡아 뜯고 심장에 손을 댄 성찬의 손이 적색으로 물들기 시작했고, 손등 위로 황토색의 빛이 떠올랐다.

황토색의 빛의 끝자락이 회전을 시작하더니, 황금색으로 빛나는 구슬이 만들어졌다.

회전이 더해갈수록 손 등 위로 떠오르는 빛의 양이 많아졌고, 어느 순간 사라져 버렸다.

성찬은 황금색으로 빛나는 구슬을 자신의 입으로 가져가더니 그대로 삼켰다.

"하하하! 금황구는 얻기 힘든 것 중 하나인데, 우리 동생은 운도 좋군."

지구 대차원과 연결된 차원들의 에너지 중에서 근간이 되는 기운을 얻은 동생을 보면서 성진은 기분 좋은 웃음을 흘렸다.

동생이 잘되는 것은 그에게 있어 가장 기쁜 일이었다.

"그나저나 성찬이 녀석은 어떻게 저런 방법을 배웠는지 알 수가 없군. 분명히 스승님께서 전하신 것들 중에는 없는 건데 말이야."

동생이 변한 것은 타클라마칸 작전이 끝나고 한국으로 돌아온 뒤부터였다.

"중국에서 무슨 일이 있는 것은 분명한데, 말해주지 않는 것을 보면 아직 때가 되지 않았다는 거겠지. 궁금해도 참자. 시간이 되면 이야기를 해줄 테니."

성진은 궁금해도 참을 수 있었다.

이야기를 해주지 않는 이유가 자신을 걱정해서라는 것을 잘 알기 때문이다.

아마도 2차 각성을 한 이후에나 알려줄 것이기에 상념을 접고 수집된 데이터를 분석하기 시작했다.

금황구를 얻다니 천운이다.

나승호가 어떤 유물을 얻었기에 차원의 근원 중 하나를 가진 것인지 궁금하다.

그런 취미는 없지만, 할 수 없이 나승호의 몸을 뒤적였다.

유물이 있는 곳은 나승호의 발이었다.

나승호가 신고 있던 구두가 변해 있었고, 고대 무사들이 신었을 법한 신발이 나승의 발을 감싸고 있었다.

'이건 아티팩트로군.'

나승호의 발에서 신발을 벗겨 신었는데, 유물이라서 그런 냄새 같은 것은 하나도 나지 않았다.

'농구화 정도면 적당할 것 같군.'

나승호의 유물은 주인의 의지에 따라 형태가 변하는 변환 아티팩트라서 그런지 생각이 일자마자 얼마 전에 본 유명 브랜드의 농구화로 변했다.

내가 나승호에게서 흡수한 금황구는 아티팩트를 기동시키는 근원이다.

깨어나더라도 나승호는 이 농구화가 자신이 소유했던 유물이라는 것을 모를 것이다.

금황구의 기운을 이용해 농구화로 변환을 시킨 후 품에서 줄을 꺼내 쓰러져 있는 나승호를 결박 지었다.

붉은색으로 이루어진 이 줄은 대변혁 이후 나타난 적잠의 잠사를 꼬아 만들어진 것이라 진성 각성자라 하더라도 끊을 수 없는 것이다.

이미 능력도 잃은 마당이라 조금 전 같은 상황은 발생하지 않은 것이다.

'후후후, 이제 금황구를 얻었으니 자료가 어떻게 나왔는지 좀 봐둬야겠군.'

데이터로 분석된 금황구의 에너지 흐름을 알아봐야 한다.

스페이스가 만든 장치를 가지고 형이 분석을 하고 있을 테니 에너지가 어떤 식으로 움직이는지는 금방 알 수 있을 것이다.

나승호와 싸우느라 부서진 의자를 치운 후 석실을 나섰다.

석실 문을 닫고 곧바로 지상으로 올라가 철문을 닫은 후에 상자를 밀어놓았다.

허름해 보이지만, 상자 안에는 인식 차단 장치가 들어 있어 나승호가 어떤 수작을 부리던 그가 이곳에 있다는 것은 알려지지 않을 것이다.

만약의 사태를 대비하고 있던 건지 성진이 형이 구급상자를 든 채 미소를 지으며 다가왔다.

"나승호는 치료하지 않아도 될 거야, 형."

"알았다. 그나저나 이제 다 모았구나."

"그러게. 운이 좋은 것 같아, 형."

"그러게 말이다. 그놈에게서 금황구가 나올 줄은 나도 몰랐다. 정말 잘된 일이다, 하하하!"

이렇게 기뻐하는 것을 보니 예전에 얻은 금황구를 형의 실수로 사라졌던 것이 마음에 걸렸던 모양이다.

사실 학교에 다니는 동안 두 분 이모가 주는 국정원의 의뢰 말고도 여러 가지 의뢰를 수행했었다.

그중에 하나가 현화의 휘하로 들어온 유물 각성자들의 실종에 관한 것이었다.

유물을 얻고 능력을 얻는 것과 동시에 의지의 시험을 받는 유물 각성자들은 에너지 파장을 발산한다.

의지의 시험을 받는 순간부터 폭주를 시작하는 것이나 마찬가지인 탓에 제어 자체가 되지를 않는다.

덕분에 유물에서 발산되는 에너지 파장을 국정원이 찾아낼 수밖에 없고, 그때부터 통제가 시작이 된다.

하지만 최종학 같은 자들은 그렇지 않다.

의지의 시험을 받지 않고 능력을 각성한 탓에 능력을 발휘할 때 이외에는 에너지 파장이 발생하지 않는다.

타깃이 되어 국정원에서 주시하며 감시를 하지 않는 한 잘 발견할 수 없는 탓에 통제를 할 수 없었다.

통제가 되지 않는 까닭에 자신의 능력에 취해 욕망을 불사르는 자들이 꽤 많았다.

이런 자들은 대부분 대변혁 당시에 유물을 얻은 자들로 유물로 인한 각성으로 자신의 본성이 무엇인지 깨닫지 못한 탓에 대부분 자신의 욕망대로 살아가고 있었던 것이다.

현화 휘하의 해결사들은 이런 자들이 저지른 일로 의뢰를 받았다가 당하는 경우가 발생했던 것이다.

현화의 의뢰 아닌 의뢰를 받고 조사하면서 최종학 같은 종류의 유물 각성자들에 대해 알게 된 후, 여러 가지 사건들이 있었다.

어디에도 드러나지 않고 세상에 암약하며 자신의 욕망을 위해 능력을 아낌없이 사용하며 참혹한 일들을 저질러 왔기에 아무도 모르게 처리를 해왔다.

의지의 시험을 받는 유물 각성자들이 자신의 욕망에 충실할 경우 의지에 잠식당해 폭주와 함께 소멸이라는 결과를 맞게 되지만, 이런 자들은 그런 것이 없기 때문에 어쩔 수 없이 조치를 취해야 했던 것이다.

처음 이런 자 중 하나를 발견하고 처리하면서 스페이스에게 관찰을 하게 했더니, 유물을 회수할 수 있는 방법을 찾아낼 수 있었다.

이들이 가지고 있는 에너지를 회수하면 자동으로 유물을 회수할 수 있는 것을 스페이스가 알아낸 후, 전부 그렇게 처리를 했다.

죽이는 것보다 유물을 회수하는 것이 죽음보다 더한 고통을 줄 수 있었기 때문이다.

유물을 작동시켜 능력을 발휘하게 해주는 원동력인 에너지를 회수하면서 여러 가지 사실을 확인할 수 있었다.

유물을 작동시키는 동력원인 이 에너지가 지구 대차원과 연결된 차원들을 유지하는 에너지라는 것이었다.

지구 대차원과 연결된 차원의 수는 지구를 포함해 모두 아홉 개였고, 이런 자들을 처리하면서 차원을 유지하는 것에 비해서는 아주 미세한 양이지만, 각 차원의 근원이 되는 에너지를 얻을 수 있었다.

그렇게 여덟 개 차원의 근원 에너지를 얻었지만, 금황구만은 형의 실수로 인해 없어졌다.

형이 맡아 제압했던 자가 자신의 잠력을 촉발시켜 신체를 폭발시키는 바람에 추출한 금황구가 날아가 버렸던 것이다.

마지막으로 그런 유물을 회수한 것이 일 년 전이라 앞으로는 금황구를 얻을 기회가 없을 줄 알았는데, 뜻밖에 나승호를 통해 얻었다.

이로써 대차원을 이루는 아홉 차원의 근원이 되는 기운을 전부 얻었기에 나로서도 아주 기쁜 일이 아닐 수 없다.

"금황구를 다시 얻다니, 운이 좋았지. 그렇지만 문제가 심각해질 수도 있을 것 같아."

"다른 문제라도 있는 거냐?"

구급상자를 한쪽으로 치운 형이 굳은 안색으로 물었다.

"나승호에게서 얻은 금황구 말이야. 아무래도 주된 유물이 각성할 시기가 머지않은 것 같아."

"최종학이 폭주할지도 모른다는 거냐?"

"그래, 형. 금황구의 에너지가 무척이나 불안정해. 나승호가 가진 기운이 이 정도면 머지않아 최종학의 폭주가 시작될지도 몰라."

"네 말대로 폭주가 머지않았다면, 문제가 심각해질 수도 있겠구나. 어찌 되었거나 최종학은 대한민국에서도 몇 없는 랭커 중에 하나니까 말이다."

"그래. 하지만 나승호를 보면 아직은 시간이 있을 것 같아. 조사해 보고 난 뒤에 결정을 내려도 될 거야."

"나승호란 놈이 금황구의 주인이었던 것을 보면 최종학의 능력이 만만치 않을 것 같은데, 괜찮겠냐?"

"지금까지 모은 정보로 볼 때 멀티 능력자인 것이 확실하지만, 문제는 없을 것 같아. 일부이기는 하지만 대차원의 근원을 모두 얻었으니 말이야."

"그렇기는 하지만 걱정이 된다. 다른 유물 각성자들과는 다르게 의지가 완전히 깨어난 후에 잠식이 시작되니, 시간이 있을 수도 있지만 조심해야 한다. 그런 자들은 언제 터질지 모르는 시한폭탄이나 마찬가지니까 말이다."

"알았어."

뭘 걱정하는지는 알지만, 그다지 걱정을 하지는 않는다.

이미 대책이 세워져 있으니 말이다.

제 4 장

일반적인 유물 각성자들이 의지의 시험을 통해 능력을 발휘하게 되는 것은 폭주로 발생하는 힘이 밖으로 표출되는 것이다.

이와는 달리 대변혁과 동시에 유물을 얻어 각성한 능력자 중에 나승호나 최종학과 같은 의지의 시험을 받지 않고 능력을 곧바로 사용한다.

그렇지만 이런 자들이라고 의지의 시험을 받지 않는 것이 아니다.

능력을 계속 사용하다가 사용량이 어느 순간 임계점에 도달하면 유물에 담긴 의지가 단번에 각성을 한다.

처음부터 시험을 받게 되면 천천히 적응해 가며 유물의 의지를 누를 수 있는 기회라도 얻을 수 있지만, 이런 경우는 불가항력이다.

초월자가 되지 않는 한 곧바로 유물의 의지에 잠식당한다.

유물의 의지에 잠식당한 순간, 그들은 더 이상 인간이 아닌 존재가 된다.

과거 신이라 불리던 존재처럼 인간을 한낱 개미만큼도 여기지 않고, 인과율마저 개의치 않고 모든 것을 자신의 뜻에 맞는 대로 행하는 존재가 되는 것이다.

최종학에 대한 일은 시간이 어느 정도 있는 것 같다는 생각이 들었는지 형이 화제를 돌렸다.

"최종학은 그렇다 치고, 화티엔 그룹, 아니, 흑사단의 수장이나 다름없는 장천이 전격적으로 나선 것 같은데 어떻게 할 생각이냐?"

"태연파의 최종학을 조사한 후에 익명으로 정보를 넘길까 생각 중이야."

"최종학도 그렇고, 장천도 모두 위험한 자들이니 계획을 잘 세워야 할 거다."

형이 걱정하는 것이 이해가 되기는 하지만 그럴 필요가 전혀 없다. 괴물 같은 전튜 슈트도 있고, 그 둘을 상대할 방법은 아주 많으니 말이다.

"걱정하지 말고 형은 좀 자둬. 날이 밝으면 중개인을 만나야 하니까 말이야."

"너는?"

"데이터 분석한 자료나 좀 줘. 에너지 패턴을 분석해 보면 어
느 정도 최종학의 상태도 알 수 있을 테고, 이번에 얻은 것도 시
험해 봐야 하니 말이야."

"그래, 알았다. 분석된 자료는 전부 띄워놨으니 그냥 보면 될
거다. 나는 들어가서 잘 테니 조금만 보고 자라."

"알았어."

형이 침실로 가는 것을 보면서 모니터가 설치된 작업장으로
향했다.

의뢰를 수행할 때 필요한 도구들을 만드는 데 쓰이는 작업장
은 상황실로도 쓰고 있다.

양자 컴퓨터를 이용해 나승호가 쓰던 금황구의 에너지 패턴
과 흐름을 분석하고 난 뒤에 데이터들을 스페이스와 연동된
KN-1000에게 전송했다.

"그동안 내가 모아 놓은 데이터들의 락도 해제하고 시험해
보자."

지금까지 모두 여덟 개의 에너지 패턴과 데이터를 모을 수 있
었다.

이제 마지막 패턴과 데이터를 모았으니 봉인을 해제하고
스페이스의 도움을 받아서 대차원의 에너지 패턴을 분석할 차

레다.

— 스페이스, 기밀을 해제하고 이면 데이터를 전송시킨 후에 전부 분석해 줘.

스페이스를 불러 기동시키고, 그동안 저장해 왔던 것과 전송한 자료들을 개방시켰다.

— 마스터, 패턴을 분석할 준비가 끝났습니다.

— 외부로 발산되는 신호는 차단시켜.

— 인식 차단 장치 활성화율을 높이겠습니다.

— 의식 동기화를 시작해.

— 싱크로율은 어떻게 합니까?

— 당연히 백 퍼센트지.

— 위험할 수도 있습니다, 마스터.

— 장사 한두 번 해보나. 걱정하지 말고. 자, 시작해 보자.

— 알겠습니다, 마스터. 패턴 분석을 시작합니다.

데이터들이 빠르게 분석되며 아홉 개의 에너지 패턴이 홀로그램으로 만들어졌다.

그동안 얻었던 지구 대차원과 연결된 차원들의 기반 에너지 패턴에 변화가 일어나기 시작했다.

이리저리 자리를 옮기고, 데이터가 바뀌거나 섞이며 이합집산을 거듭되고 있었다.

'잘하고 있군.'

스페이스가 열심히 변화를 계산하고 있고, 연동이 되어 있는 KN—1000의 에고도 열심히 돕고 있는 중이다.

에고를 장착한 이후 스페이스가 학습을 시키고 있기에 일부러 연동을 시켜놓은 것이다.

'으음, 에고에게는 첫 번째 부여되는 이름이 가장 중요하다고 했으니 이것만 끝나면 이름을 지어주자.'

KN—1000은 아직 학습 중이라 정체성을 확립하지 못해서 정식 이름을 지어주지 못했다.

이번 분석이 끝나고 세상의 기반이 되는 에너지의 흐름을 학습하게 되면 이름을 지어줄 수 있을 것 같다.

"아!!"

무지개처럼 일곱 가지 광채 홀로그램으로 나타나 질서 있게 이합집산을 하는 모습이 장관이라 나도 모르게 감탄성을 터트렸다.

보이지 않는 미지의 에너지 패턴 두 가지가 일곱 가지 무지개색 패턴의 주위를 돌며 하나로 엮어가는 과정에 정신을 빼앗겨 버린 것이다.

송지암에서 스승님께서 언젠가 보여주셨던 춤사위를 볼 때보다 더한 감동이 밀려들었다.

우주와 대차원이 만들어진 태초의 상태가 저랬을까 하는 느낌이 드는 순간 형도 함께 봤으면 하는 생각이 들었지만 무아지

경 같은 이 순간을 깨트리고 싶지 않아서 계속 지켜봤다.

어차피 형을 깨워도 스페이스와 인식을 공유할 수 있는 것은 나뿐이니 소용이 없을 테지만 말이다.

어느 순간부터 패턴들이 하나의 흐름을 타기 시작했다.

서로 얽혀 하나로 이어지더니 실패에 실을 감듯 회전하며 중심을 따라 패턴들이 감겨지고 있었다.

얽임이 끝난 것인지 회전이 빨라진다.

고속으로 회전하면서 아홉 개의 에너지 패턴이 가졌던 각각의 특색이 사라지더니, 곧 단 하나만 남았다.

— 변화가 전부 끝났습니다, 마스터.

— 저게 대변혁이 이후에 세상에 흐르는 에너지 패턴이라는 말이지?

— 그렇습니다.

— 굉장하군. 이 세상에 저런 에너지 흐름에 의해 만들어졌다니 말이야.

— 에너지들이 개별적인 특징 나타내는 것은 고유의 패턴 때문인 것 같습니다. 각각 특색을 가진 아홉 개의 에너지 패턴 안에는 기본적으로 에테르와 카오스가 서로 융합되어 있었습니다.

— 대단하군.

— 그리고 아홉 개의 에너지 패턴이 거대한 의지와 만나 하나

로 융합된 후부터 코스모스 상태를 유지하다가 새로운 질서에 따라 안정화 상태가 된 것 같습니다.

홀로그램으로 나타난 백색의 광원을 바라보았다.

누가 봐도 근원들이 합쳐진 것이라고 볼 수 없었다.

'으음, 패턴의 흐름만 볼 수 있다는 게 정말 아쉽군. 세상을 만든 에너지들은 본래 대차원에 드리운 거대한 의지를 따르는 것이라고 하던데 말이야.'

대변혁의 과정은 어느 정도 알아냈지만, 진성 각성자들이 말하는 거대한 의지가 느껴지지를 않으니 그것이 왜 일어났는지 알아내기엔 어려울 것 같다.

'그래도 이게 어디냐. 이로서 내가 원하는 방향대로 2차 각성을 하게 됐으니 만족하자.'

진성 각성자도 거대한 의지가 대변혁에 개입했다는 것만 느낄 뿐, 의지의 진의는 알지 못한다고 했다.

아홉 개의 차원을 근본적으로 변화시킨 거대한 의지를 인간이 헤아린다는 것은 불가능하다고 봐야 하니 그리 서운해할 필요는 없다.

"벌써 시간이 저렇게 됐군. 형이나 깨우러 가자."

정신을 차리고 보니 벌써 9시가 넘어가고 있다.

공사 현장이야 어제 그 난리를 쳤으니 가지 않아도 되지만, 중개인과 약속이 있어 일찍 준비를 해야 한다.

"그르르릉!"

형을 깨우러 침실로 가보니, 코를 골아대고 있는 중이다.

"피곤했나 보구나. 조금 더 잘 수 있게 아침 식사를 준비할 동안 그냥 놔두자."

창고 안에서 형과 내가 사용하는 침실, 작업장, 화장실, 그리고 부엌은 패널로 구획을 나누어두었다.

나머지는 모두 그냥 장비를 넣어두는 창고다.

곧장 부엌으로 가서 아침 식사를 준비했다.

밥을 안친 후 된장찌개를 끓이고, 계란말이를 했다.

철마다 담아 놓은 장아찌와 장조림을 냉장고에서 꺼내 반찬 접시에 담아 식탁에 놔두고, 어제 자매식당에서 이모들에게 얻은 김치도 담아서 놨다.

"아―아함! 냄새 죽인다."

"좀 더 자지 그래, 형."

"냄새 때문에 깼다. 배 속에 있는 식충이들이 오죽 난리를 쳐야 말이지. 쩝!"

"밥 다됐으니까 자리에 앉아."

"배고파 죽겠다. 빨리 먹자."

식탁에 앉으며 수저부터 드는 형을 보며 압력 밥솥에서 김을 빼고 밥을 퍼 담았다.

꿀꺽!

고슬고슬하게 지어진 밥 위에서 피어오르는 하얀 김을 보니 입맛이 절로 도는지 형이 군침을 삼킨다.

가스를 끈 후, 된장찌개를 보글보글 끓고 있는 뚝배기를 식탁에 올려놨다.

"우와! 진수성찬이다."

"많이 먹어."

정말 열심히 먹었다.

반찬 값을 아끼기 위해서이기도 하지만 우리 둘 다 워낙 많은 양을 먹는 터라 일자산 자락에서 철 따라 채취한 나물들로 담근 장아찌들의 맛이 기가 막혔다.

더군다나 이모님표 김치가 있어서 그런지, 밥 한 솥을 금방 비웠다.

"꺼억! 잘 먹었다. 성찬아, 설거지는 내가 할 테니, 너 먼저 씻어라."

"부탁할게."

곧장 화장실 겸 욕실로 가서 양치질과 동시에 샤워를 하고 나왔다. 설거지를 마친 형도 부엌에서 나오며 양치질을 하는 중이다.

매일 씻는 터라 건성건성 씻을 테니, 입고 나갈 옷이나 꺼내놔야겠다.

선글라스와 시계, 스마트폰을 꺼내고 지갑을 챙겼다.

침실 한쪽에 있는 장롱에서 브리턴에서 건너온 신소재로 만든 검은색 슈트를 꺼냈다.

형이 샤워를 마치고 나온 후 같이 옷을 입고, 거울을 보니 덩치 때문인지 경호원 같은 인상이다.

의뢰 때문에 중개인을 만날 입고 나가는 영업용 복장이니 어쩔 수 없는 일이다.

"가자."

"운전은 내가 할게."

"그래라."

형에게서 차 키를 받은 후, 창고 반대편 문 쪽으로 가서 승용차에 씌워놓은 커버를 벗겨냈다.

검은색 세단이 모습을 드러냈다.

그랜즈 9.0!

2027년, 올해 초에 새로 출시된 최신형 세단이다.

수출용 차량과 내수용 차량이 다르다는 이야기는 아주 오랜 옛날이야기다.

대변혁 이후 모든 것이 바뀌었다.

그랜즈를 생산하는 자동차 그룹의 마인드가 변함과 동시에 국내외를 막론하고 차량의 품질이 균일해졌다.

마력 구동장치와 마법진, 그리고 새로운 합금들이 지구로 유입되면서 운송 체계에도 혁명이 일어났다. 그 후, 1.0버전부터 새롭게 생산된 그랜즈는 3년마다 버전 업을 해서 이제 아홉 번째 버전이 나왔다.

그랜즈의 최신형 버전은 도로교통법상 제한 장치 장착이 의무화되면서 의미가 없기는 하지만 제한 장치를 떼어낼 경우 중력과 마찰 관련 마법을 통해 순간 가속을 측정하는 제로백이 0.2초밖에 안 된다.

물론 형과 내가 타는 그랜즈는 보통 사람이라면 불가능하지만, 군 복무 시절 익힌 기술로 사자마자 의뢰를 수행하기 위해 제한 장치를 떼어놔서 1초 만에 시속 500킬로미터에 도달한다.

더군다나 그 옛날 국가원수들만 타고 다니던 차량에나 장착했다는 방탄 기능까지 가지고 있다.

총탄은 물론 미사일을 막을 수 있고, 진성 각성자들의 능력까지 방어할 수 있는 마법진을 스페이스의 도움을 받아 설치해 놨다.

"가자."

"알았어."

시동을 걸자 수동으로 여닫는 반대편과는 다르게 자동문이 위로 올라간다.

부—우웅.

차에 탄 후 운행이 되고 있다는 것을 확인시켜 주는 인공 배기음을 들으며 창고를 빠져나와 중개인과 약속을 한 강남으로 향했다.

우리가 간 곳은 석촌 호수 옆에 있는 호반이라는 특급 호텔이다.

객실이 불과 100실에 불과하지만, 석촌 호수의 자연경관과 어우어진 멋진 건물과 최상의 서비스가 제공되는 것으로 이름이 높은 호텔이다.

지하 주차장에 주차하고 엘리베이터를 타고 1층으로 올라갔다.

약속 장소는 호텔 3층에 있는 레스토랑이었는데, 오전임에도 불구하고 사람들이 많았다.

대부분 부유해 보이는 이들이었다. 탁자에 있는 것들을 보니 호텔 근처에 있는 최고급 빌라촌에 거주하는 이들이 브런치를 먹으러 온 것이 분명해 보였다.

레스토랑 입구로 가자 잘 차려입은 매니저가 인사를 하며 우리를 맞았다.

"예약은 하셨습니까?"

"제임스 윤으로 예약이 되어 있을 겁니다."

"그러시군요. 잠시만 기다리십시오. 여기 있군요. 난초실로 예약이 되어 있습니다. 저를 따라오십시오."

매니저가 예약을 확인하더니, 호수가 보이는 창가가 아니라 안쪽에 있는 룸으로 우리를 안내했다.

안내를 받아 안으로 들어서니 선글라스를 낀 사나이가 혼자 커피를 마시고 있었다.

우리에게 의뢰주를 대신해 일을 중개한 제임스 윤이었다.

"하하하하! 오랜만이야, 진! 찬!"

안으로 들어서자 선글라스를 벗으며 웃음소리와 함께 우리를 맞는다.

이면의 의뢰를 중개하는 자답지 않은 호탕한 웃음이지만 속으면 안 된다.

호인 같아 보이는 웃음 뒤에는 철저한 계산이 깔려 있으니 말이다.

"오랜만이군."

"오랜만에 보네."

마지막으로 직접 본 것이 2년 전이니 꽤나 오랜만이기는 했다.

유물로 각성한 자가 성지에 다서 진성 각성자가 되는 일은 정말 희귀한 케이스에 속하는데, 제임스가 그렇게 됐다.

나와 협력하기로 약속을 하고 현화의 일을 돕다가 성지로 떠난 후 제임스는 진성 각성자가 되면서 존재의 의미에 걸린 제약을 풀었지만, 돌아온 후에도 현화와 협력하며 중개업을 계속하고 있는 중이다.

현화와 일을 했을 때를 제외하고 직접 만나는 것을 피해 왔던 그가 이렇게 만나자고 한 것은 매우 이례적인 일이라고 할 수 있다.

대부분 일회용 이메일을 통해서 의뢰에 대한 중개가 이루어지기 때문이다.

"그리 쉽지는 않았을 텐데, 의뢰를 이렇게 금방 끝내다니 이외였어."

"쓸데없는 소리 말고, 계좌 이체할 준비나 해."

"이런, 이런! 정보가 먼저 아닌가?"

"정보는 여기!"

형이 16테라비트짜리 멀티 USB 하나를 꺼내 들었다.

"확인을 해봐도 되나?"

"우선 계좌이체부터."

"아브람에게 당한 것 때문에 까칠 해진 모양이군."

"이 세계에서 믿을 놈은 하나도 없더군."

형의 태도에 심정이 상할 만도 하건만 이해를 한다는 듯 고개를 끄덕인다.

"좋아. 하지만 허위 정보일 때는 알지?"

제임스 윤이 목에 손을 긋는다.

정보를 중개하는 조합에서 진성 각성자들로 구성된 처단자들이 나선다는 뜻이었다.

타타타타타탁!

계좌 이체를 하기 위해 손등을 연신 두드리는 제임스 윤을 잠자코 지켜봤다.

띠링!

계좌로 돈이 송금 되었다는 메시지와 함께 나와 형의 손등에 심어져 있는 스킨 패널에 각각 1,000,000이라는 숫자가 떠올랐다.

숫자는 달러화로 원화로 15억 원이 입금되었다는 표시다.

"정확하군. 여기!"

제임스 윤은 USB를 건네받은 후 손 안에 쥐었다.

사이코 메트리라는 능력을 가졌으니 정보는 금방 확인을 할 수 있을 터다.

"틀림없군. 그나저나 태연파에서 나온 자들은 의뢰에 없던 내용인데, 추가 부담을 해야 하나?

"그건 서비스로 치지."

"서비스라……. 좋아! 사양하면 예의가 아니니까."

"그럼, 우린 이만 가겠다."

"잠깐!"

자리를 일어서려던 우리를 불러 세우는 제임스 윤의 목소리가 들리자마자 분위기가 어색해진다.

간혹 의뢰를 수행하고 난 뒤 잔금을 받을 때면 의뢰금에 욕심이 나거나 비밀을 감추려고 뒤통수를 치려 하는 자들이 있어서 형이 기세를 끌어 올렸기 때문이다.

"워, 워! 진정하라고. 새로운 의뢰 건 때문이니까."

"의뢰라니?"

"한 번 의뢰를 받고 끝내면 석 달은 쉬는 것은 알고 있지만 너무 아까워서 말이야."

"우리 불문율을 알면서도 어기려는 것을 보면 보통 일은 아닌 것 같은데?"

"화티엔 그룹 일이다."

"화티엔 그룹?"

"정확히는 흑사단의 움직임에 대해서고, 의뢰비는 큰 거로 한 장! 어때?"

큰 거로 한 장이 100억 원으로 지금까지 의뢰받은 것 중 가장 큰 액수다.

의뢰를 완료하면 공장을 다시 짓고 운영할 수 있는 자금이 모두 모으고도 많이 남기에 흥미가 동한다.

"정확한 의뢰 내용이 궁금하군."

내가 흥미를 보이자 형이 의중을 알아차린 것인지 자리에 다시 앉으며 물었다.

"흑사단의 장천이 움직이고 있더군. 그와 손을 잡은 것으로 보이는 태연의 최종학에 대해 조사하는 것이다. 그가 장천과 손을 잡은 이유와 원하는 것이 무엇인지 말이야."

"사전 정보는?"

"물론 제공하는 조건으로. 기한은 10일. 오케이!!"

"수락하지."

"좋아! 그럴 줄 알았어. 여기."

의뢰를 수락할 것이라고 생각했는지 제임스 윤이 가방에서 미리 준비해둔 서류 봉투 하나를 내민다.

'국정원이군. 국내 파트 쪽인가?'

서류를 보는 순간, 국정원의 의뢰인 것을 알 수 있었다.

대변혁 이후 전자 매체를 선호하지 않는 국정원 방식이기 때문이다.

"의뢰가 끝나면 연락을 하겠다."

"기한이 10일이지만, 최대한 빨리 끝내 줬으면 한다."

"급한 모양이군."

"급하기는 한 모양이더군. 보너스도 제시했으니 말이야. 하루 단축 시 1할을 가산해서 지급하겠다고 하더군."

"그럼 최대한 빨리 끝내야겠군. 다음에 보지."

형이 자리에서 일어나자 나도 따라서 레스토랑 게이트를 나와 곧바로 지하 주차장으로 향했다.

"재미있는 일이 벌어질 것 같다."

"그럴 것 같기는 해. 장천이 움직인 이유가 땅을 얻는 데 실패해서일 테니까 말이야. 더군다나 저번 의뢰는 국정원이 아닌 것 같고."

"그만큼 장천이나 최종학, 그리고 미지의 의뢰주나 그 땅을 확보하는 것이 중요하다는 이야기겠지."

"우리로서는 잘된 일이지, 뭐. 어차피 최종학은 파봐야 하니 말이야."

"그래. 그자식이 제공하는 정보에 우리가 얻은 것을 비교해 보면 대략 윤곽은 그릴 수 있을 테니, 서둘러 보자."

"그래, 형."

혹시나 모를 미행자를 우려해서 이번에는 형이 운전하기로 했다.

호텔을 빠져나와 도로에 접어드는 순간, 아니나 다를까 고공에서 감시하는 드론 열 대와 함께 우리를 따르는 자들이 있었다.

다른 차량을 이용해 움직이고 있었는데, 제법 많은 인원이 미행을 하고 있었다.

"형, 쥐새끼들이 따라 붙었는데."

"일단 드론부터 처리를 해라."

"알았어."

이미 예상했던 상황이라 빠르게 수납 박스에서 렉스와 샤벨을 꺼냈다.

아공간 마법을 이용해 하급 에너지 스톤 하나에서 장전되는 에너지 탄환이 1,000발씩인 렉스와 샤벨은 마도학과 기계공학이 만나 만들어진 최고의 총기다.

하급 에너지 스톤 하나가 1억씩이니 탄환 하나의 가격이 10만원에 달했다. 가성비는 그다지 좋지가 않지만, 나는 상관이 없다.

중국에서 얻은 것을 스페이스의 도움을 받아 튜닝을 해놓았다. 하급 에너지 스톤보다 100만 배나 많은 에너지를 저장하고 있는 상급 에너지 스톤을 100개나 저장할 수 있도록 말이다.

스르르르.

타타타타탕!

타타타타탕!

퍼퍼퍼퍼퍼퍼퍼퍼펑!

차 지붕이 열리는 것과 동시에 상체를 내밀어 드론을 향해 연사를 했다.

1킬로미터 고공에서 날며 뒤를 따르던 드론들이 불꽃을 동반한 폭발음과 함께 지상으로 추락하는 것을 보며 다시 좌석에 앉았다.

"성찬아, 속도를 좀 낼 테니, 안전벨트 매라."

"오케이!"

부아아앙!

안전장치가 해제된 그랜즈 9.0이 가속과 동시에 앞으로 튀어

나갔다.

앞서가는 차량을 요리조리 추월하며 빠져나가다가 외곽 순환 도로로 들어가는 진입로가 나오자 성남 방면으로 향했다.

요금소가 있어서 위례로 나가는 진입로 전에 나오는 예전 진입로로 빠져나간 후 남한산성 쪽으로 갔다.

"형, 이제 떨쳐낸 것 같아."

"그런 것 같다. 추적 장치를 달거나 추적 마법이 걸려 있을 수도 있으니까 최대한 빨리 정비하고 가자."

"그럼 저기에 세워, 형."

제임스 윤을 만나느라 차량에서 떨어져 있었기에 추적을 위해 뭔가 장치를 해놨을 수도 있는 상황이다.

곧바로 길옆에 차를 세웠고, 형이 차량을 스캔하는 동안 나는 트렁크를 열고 안에 들어 있던 인식 차단 장치를 가동시켰다.

파츠츠츠츠!

'역시 새겨놨군.'

푸르스름한 빛이 차 위로 번지며 전에는 없었던 마법진이 반발을 일으킨다.

치치치치!

차량에 장착된 스캔 장치를 형이 가동시킨 모양인지 잠시 뒤에 파열음이 들이더니 범퍼 아래쪽에서 탄내와 함께 연기가 올라온다.

인식된 것 이외에는 강력한 전압을 걸어 파괴시키는 것이라 추적 장치 내부는 전소됐을 터였다.

'추적 마법진에다가 추적기까지 달아놓은 것을 보면 예사 놈들이 아닌 것 같은데······.'

마법진이 사라지고 추적 장치가 파괴되는 것을 확인한 후 차에 올라탔다.

"아무래도 보통 놈들이 아닌 것 같은데, 너는 어디인 것 같으냐?"

"방식이 국정원 쪽인 것 같지만 확신할 수는 없어."

"공사 현장에 의뢰를 넣은 쪽일 수도 있다는 말이구나."

"그럴 수도 있지만, 우리에게 의뢰를 넣은 국정원도 아니라고는 장담 못해. 국정원도 화티엔 그룹이나 태연파에 촉각을 세우고 있었을 테니 말이야."

"거의 확신하는 것 같은데, 어째서냐?"

"장천이 직접 움직이고 있다면 그럴 수도 있어. 우리를 쫓는 것이 국정원으로서는 장천을 잡을 수 있는 가장 빠른 방법이 될 수도 있을 테니 말이야."

"장천이 직접 움직이고 있다면 그럴 확률이 제일 높을 것 같다. 우리 존재를 알려야 하지 않을까?"

센터가 사라지기는 했지만, 국정원과 완전히 결별한 것은 아니었다.

게이트와 관련된 사항에 대해 정보를 얻을 경우 국정원에 알려야 할 의무는 아직도 있었다.

그것 때문에 통신을 위한 코드도 가지고 있으니 말이다.

"아직은 아닌 것 같아, 형. 좀 더 확실히 알아보고 난 뒤에 알리도록 하자."

"최종학의 상태를 확인하고 난 뒤에 말이지?"

"그래, 내가 얻은 금황구를 거느릴 정도면 어차피 어떤지 알아봐야 하잖아. 의뢰를 수락하기도 했고 말이야."

"알았다. 어차피 국정원이 움직이기 시작했다면 큰 문제는 없을 테니까 확인을 해보는 것도 나쁘지는 않겠지."

형이 말한 대로 국정원이 나선 이상 장천이 아무리 날고 긴다고 해도 큰 문제는 없을 것이다.

우리가 소속되었던 부대나 센터의 요원들과는 비교할 수조차 없는 상대를 만나야 할 테니 말이다.

발신되는 신호가 지워졌으니 우리를 추적하기는 어려울 터라 서둘러 집으로 돌아왔다.

본격적으로 최종학을 조사하려면 많은 준비를 해야 하기 때문이다.

마니산에서 고대의 유물을 얻어 각성한 최종학이 어떤 능력을 가지고 있는지 무척이나 궁금하다.

조사하는 것이 힘들기는 하겠지만, 기회가 될 수도 있을 것 같기에 최선을 다해보려고 한다.

집으로 돌아와 일단 나승호부터 깨웠다.

자리를 비울 동안 계속 묶어 놓고 있어서 속박해 놓은 줄도 풀어주었다.

정신을 차리자마자 자신이 가지고 있던 능력이 모두 사라졌다는 것을 깨달은 나승호가 잠시 멍한 표정으로 있더니 이내 날카로운 눈으로 나를 바라본다.

"본래 네 능력도 아니었으니, 그렇게 노려볼 필요는 없을 것 같은데."

"이이이이!!"

이를 악다물며 화를 참는 모습이 재미있다.

1차 각성한 이후 진짜 능력을 발휘하려면 2차 각성을 통해 존재의 의미를 진화시켜야 하고, 거기에 고련을 더해야 진성 능력자가 되는 것이 정석이다.

하지만 유물을 통해서 2차 각성을 한 것이라면 이야기가 달라진다.

자신이 가진 능력이 아니라 유물의 능력을 사용하는 것이니 말이다.

유물의 능력에 기대어 정점에 올라서인지 나승호는 분한 감정밖에 없는 것 같다.

"능력을 잃었지만, 네가 가진 존재의 의미까지 잃어버린 것이 아니니 그리 분해할 필요는 없다. 너는 일반적인 유물능력자와는 다른 형태로 각성을 한 것이니까 말이다. 아마도 조금만 더 진행이 되었더라면 네 정신이 유물에 갇혀 있던 의지에게 먹혀 버렸을 수도 있다."

"그, 그게 무슨 말이냐?"

"네놈이 보스라 부르는 최종학을 보면 알 텐데. 옆에서 지켜보았을 테니, 최종학이 처음과는 달리 변했다는 것을 말이야. 그렇지 않나?"

"형님이 변하시기는 뭘 변했다는 말이냐?"

'으음, 다행히 아직 시간이 남아 있는 것이 확실하군.'

최종학이 가진 유물의 의지가 깨어나지 않은 것 같아 다행이 아닐 수 없다.

"그나마 다행이군. 아직 제 정신이라니 말이야."

"도대체 무슨 말이냐?"

"후후후, 1차 각성자가 유물을 얻는 것과 1차 각성도 하지 않은 채 대변혁 초기에 유물을 얻은 것 하고 뭐가 다른지는 아나? 아마도 모르겠지. 너희들은 유물의 의지에 시험도 받지 않고 유물을 얻자마자 곧바로 능력을 사용했으니 말이야."

"……."

"역시, 모르고 있었던 모양이로군."

대변혁 당시에 유물이 발견되는 일이 극히 드물고, 의지의 시험을 받지 않아 나중에 무슨 일이 벌어지는지 전혀 모르고 있었던 것이 분명했다.

"유물은 2차 각성자가 자신과 맞는 기운을 느끼고 찾아내는 것이 대부분이다. 그렇게 발견된 유물들은 각성자를 보조하며 큰 도움을 주지. 하지만 2차 각성 전에 유물을 얻게 되면 상황이 달라진다. 능력을 향상시켜 주는 것 같지만, 시간이 지날수록 유물에서 깨어난 의지에 정신이 잡아먹히지. 프리랜서로 뛰는 해결사들이 대부분 이런 경우에 속하게 되지. 너희들은 유물의 의지에 시험을 받지도 않고 특별한 능력을 사용하게 되었다고 좋아할 테지만, 사실 이런 경우가 더 위험하다."

"뭐가 위험하다는 말이냐?"

"1차 각성을 한 후에 유물을 얻은 자들 대부분은 아주 약한 의지의 시험을 받으며 능력을 사용하면서 폭주 상태로 나아가지만 의지를 누를 기회가 있는 반면, 대변혁 당시에 유물을 얻은 자 중에 의지의 시험을 받지 않고 능력을 발휘하는 자들은 그럴 기회조차 없다. 능력을 계속 사용하게 되면 어느 순간 유물에 담긴 의지가 완벽하게 깨어나고, 단번에 잡아먹히고 말지. 그리고 인간이 아닌 존재가 되어버린다. 우리가 흔히 신이나 악마라고 말하는 존재가 되어버린다는 뜻이다."

"서, 설마!"

"내가 거짓말을 해야 할 필요가 있나? 너도 요즈음 이상하다

는 것을 느끼고 있었을 텐데. 유물의 동력원인 에너지가 불안정
해지고 있었으니 말이야."

"내가 유물에 잠식당하기 전이었다는 말이냐?"

"맞다. 얼마 전까지 네가 느끼는 불안감이 유물의 의지가 깨
어나기 전의 전조 증상이었었다. 아마 육 개월 정도가 되면 너
는 더 이상 나승호라 부를 수 없는 존재가 되어 있었을 것이다."

"믿을 수 없는 이야기로군."

고개를 저으며 불신의 빛을 보이는 나승호에게 가지고 온 노
트북을 내밀었다.

"너와 같이 의지에 시험 당하지 않고 능력을 발휘하던 자가 1
년 전에 해남에서 일으킨 사건이 담긴 동영상이다. 너도 알 거
다. 꽤나 유명했던 자였으니까 말이다."

"김강식이로군."

동영상을 틀자 나승호가 놀란 눈으로 노트북과 나를 번갈아
바라본다.

태연파와 마찬가지로 해남에서 세력을 키워가던 해남파를 이
끌었던 자라 나승호도 알고 있었던 모양이다.

"잘 봐둬라. 어쩌면 너에게 일어났을지도 모르는 일이었으니
까 말이다."

화면에 나타난 김강식은 내가 그의 수하를 처리하는 순간 잠
력을 촉발시켜 자신의 몸을 폭발시킨 자였다.

형이 그를 제압하는 순간부터 잠력을 촉발시킨 후, 그가 변하는 모습이 담긴 영상을 보면서 나승호의 눈빛이 떨리고 있었다.

김강식이 잠력을 촉발시키자 잠들어 있던 유물의 의지가 깨어났고, 그의 모습이 변화를 일으켰다.

그의 몸이 커지기 시작했고, 이마에는 뿔이 돋아나며 서양에서 회자되는 악마와 같은 모습으로 말이다.

이 당시에 금황구를 얻는 와중이라 나는 김강식의 변화를 알아차리지 못했다.

유물의 의지는 순식간에 깨어났고, 완전한 잠식이 이루어지면 감당할 수 없었던 탓에 스페이스와 힘을 합쳐 김강식이 가진 유물의 에너지를 폭주시키는 방법으로 김강식의 몸을 폭발을 시켜 버렸다.

상급 에너지 스톤 1,000개를 일시에 주입해 유물의 의지가 감당할 수 없는 양의 에너지로 폭주를 유도함으로써 폭발시키는 것 이외에는 방법이 없었기 때문이었다.

"김강식의 몸이 폭발하기 전에 가슴 부근에서 일어난 빛은 상급 에너지 스톤 1,000개를 주입한 것 때문이다. 감당할 수 없는 에너지를 주입해 폭주시킨 것이지. 하지만 저것도 유물의 의지가 김강식을 완전히 잠식하지 못해 가능한 일이었다. 그렇지 않았다면 이 세상은 지옥에서 뛰쳐나온 악마를 맞이해야 했을 것이다. 유물의 의지가 깨어나는 순간 나타나는 것이 설사 신이라 해도 마찬가지다. 그들은 인간을 그저 언제든지 밟아 죽일 수 있는 개미 정도로 생각하니까 말이다."

"으음, 유물에 담긴 의지가 깨어나는 순간 저런 존재가 된다는 것이냐?"

"그렇다. 같은 계통에 있어 교류를 하려고 했었으니 너도 알고 있을 텐데? 김강식이 너와 같은 종류의 유물 각성자라는 것을 말이야."

"후우, 그렇군. 그럼 형님은 어떤 상태냐?"

자조가 섞인 목소리를 보니 내 말 뜻을 이해한 것 같다.

"최종학의 상태는 잘 모른다. 하지만 네 상태를 보면 시간이 문제지. 유물이 깨어나는 것을 돌이킬 수 없는 상태다."

"형님은 나처럼 본래 모습으로 돌아올 수는 없는 거냐?"

"글쎄. 그건 모르겠군. 아직 최종학의 상태를 보지 않아서 말이야. 하지만 내가 나선다고 해도 이제는 돌이킬 수 없을지도 모른다."

"뭘 돌이킬 수 없다는 거지?"

"각성자를 대처하는 정부 기관에서는 최종학이 이미 마지노선을 넘었다고 생각하는 것 같다."

"마, 마지노선을 넘다니?"

"아무래도 국정원에서 처단자들이 나선 것 같다. 그들이 나선 이상 최종학은 지워질 테고, 태연파는 이제 끝이라고 할 수 있지."

"서, 설마!"

국정원의 처단자들에 대해서 들은 것이 있는지 나승호의 얼굴에 경악이 서린다.

"유물의 의지가 깨어나 새로운 존재로 변해 버린 존재들은 아주 위험하다. 처단자들은 일이 벌어지기보다는 사전에 제거하는 것을 선호하는 편이고 말이야."

"믿을 수 없는 말이다."

나승호가 믿을 수 없다는 듯 고개를 흔들었다.

하지만 믿을 수밖에는 없을 것이다. 내가 나승호에게 한 말은 모두 사실이니 말이다.

제 5 장

유물에 완전히 잡아먹혀 새로운 존재로 거듭난 자들은 매우 위험하다고 할 수 있다.

나승호에게 말한 것처럼 유물에서 새롭게 깨어난 의지들은 과거 신이나 악마라고 불렸던 존재들이기 때문이다.

이들은 완전히 미쳐 버린 괴물이다.

신이나 악마가 가질 법한 격은 온데간데없고, 능력은 고스란히 가지고 있으면서 인간에 대한 적대감만 가득한 괴물이 깨어나는 것이다.

세상에 거의 알려지지는 않았지만 최종학과 같은 경우가 몇 번 발생했다.

나도 상당수 처리하기는 했지만, 내가 알기 이전에 나타났던 자들은 국정원에 의해 처리되었다.

의지가 깨어난 존재들을 엄청난 희생을 치르면서 처리했던 국정원에서는 그동안 이런 자들을 비밀리에 찾아왔다.

일단 깨어나고 나면 막대한 희생을 치러야 제거할 수 있기에 처단자들을 동원해 유물의 존재가 깨어나는 것을 기다리지 않고 사전에 제거해 오고 있었던 것이다.

"너도 어느 정도 눈치를 챘겠지만 우리는 해결사다. 유물에 담긴 의지를 눌러 능력을 완전히 발휘할 수 있는 상태지. 여기 오기 전에 중개상을 만났다. 국정원에서 최종학을 조사해 달라는 의뢰를 하더군. 의뢰를 맡고 나오는 길에 국정원의 감시가 시작되었다. 감시를 따돌리기는 했지만, 최종학이 국정원의 타깃이 된 이상 미래는 없을 것이다."

"회장님을 살릴 방법은 없나?"

"네가 모든 것을 말해준다면 고민해 보지. 그동안 행보를 보면 나름 중도를 잘 지켰기도 하니 말이야. 최종학이 능력을 잃기는 하겠지만 최소한 살아 있을 수는 있을 거다."

내 제안에 잠시 고민을 하던 나승호가 모든 것을 포기한 듯 힘겹게 입을 열었다.

"회장님은 장천과 깊이 연관되어 있다. 그렇지만 네 말이 맞는다면 그건 정말 어쩔 수 없는 일이었을 것이다."

"최종학으로서도 어쩔 수 없었던 일이라는 것은 잘 알고 있다."

"무슨 소리냐?"

"최종학이 장천과는 다른 목적으로 이번 일을 진행시킨 것 같아서 하는 말이다."

"그건 또 무슨 말이냐?"

"네 보스인 최종학은 자신으로 인해 사람들에게 피해를 끼치지 않으려고 그랬다는 말이다. 그런 그의 행동 때문에 기회를 주는 것이기도 하지."

최종학이 장천에게 협조한 이유를 어느 정도 짐작할 수 있었기에 머뭇거리고 있는 나승호에게 쐐기를 박았다.

"너는 회장님이 어째서 장천에게 협조를 했는지 알고 있다는 거냐?"

"물론이다. 사실 최종학이 게이트를 원했다는 것은 비밀도 아니다. 유물을 얻은 후 의지의 시험을 받지 않았지만 아마도 최종학은 유물을 통해 힘을 얻은 각성자의 숙명을 이미 알고 있었을 것이다. 어느 정도 소문이 나 있던 상황이니까. 아마도 게이트에서 흘러나오는 카오스를 이용해 유물의 에테르를 융합시켜 유물의 의지로부터 잠식되는 것을 벗어나려 했겠지."

"으음."

"장천도 최종학의 그런 의도를 알고 있었을 것이다. 그러니 최종학이 어디에 있는지 사실대로 말하는 것이 좋을 것이다. 당신이 친형처럼 모시는 최종학이 비참한 말로를 걷지 않도록 하려면 말이다."

"……."

심적 갈등이 많은지 나승호의 얼굴에는 고민이 가득하다.

'이미 모든 것을 파악하고 있다. 이자가 이 정도까지 알고 있다면 국정원도 알고 있을 테니 어쩔 수 없을 것이다.'

지금 나승호에게는 선택의 여지가 없는 상황이라 어떻게 된 일인지 알려주지 않을 수 없을 것이다.

아니나 다를까, 나승호가 입을 열었다.

"한 가지 물어볼 것이 있다."

"뭐지?"

"너는 형님, 아니, 회장님을 본래대로 되돌려 놓을 수는 있는 거냐?"

"으음, 지금 어는 상태인지에 따라 다르겠지만 자신의 의지가 조금이라도 남아 있다면 가능할 수도 있다. 너도 직접 겪어 봤으니 알 텐데?"

내가 나승호가 가지고 있는 능력을 제거하고 유물을 회수했음을 상기시켰다.

"으음, 그렇다면 약속해 다오. 회장님을 본래대로 되돌려 놓는다고 말이다. 그럼 무슨 짓이든지 하겠다."

나승호의 제안이 그럴 듯했지만, 아주 위험한 일이기에 섣불리 대답하지 않았다.

"최종학을 구하려면 자칫 처단자들과 부딪칠 수도 있는데, 나에게 너무 무리한 요구를 하는 것이 아닌가?"

"부탁한다."

"으음, 최선을 다하지. 내가 지금 당장 원하는 것은 장천이 무엇 때문에 게이트를 열려고 하는지 알고 싶다. 그가 게이트를 노리는 이유는 최종학과는 다를 테니까 말이다."

"장천이 무슨 이유로 게이트를 열려고 하는지 우리도 모른다. 그 자식은 한 번도 자신의 속내를 보인 적이 없었으니 말이다. 하지만 네가 회장님을 구해준다면, 위험을 감수하는 대가로 이걸 주마."

나승호가 손등을 들어 올려 스킨 패널을 보여주었다.

"그게 뭐지?"

"태연테크놀러지 지분이다. 그것도 100퍼센트!"

태연테크놀러지는 아직 상장이 안 된 회사다. 삼합회의 흑사단과 합작으로 만들어진 것일 텐데, 지분을 100퍼센트 나승호가 가지고 있었다니 의외가 아닐 수 없었다.

"최종학이나 장천도 아니고, 태연테크놀러지의 지분을 당신이 전부 가지고 있었다니 의외로군."

"태연테크놀러지를 세우기 전에 형님께서는 회사 지분을 전부 나에게 몰아주었다. 장천이라는 자의 반대가 있었음에도 말이야. 그로 인해 장천에게 몇 가지 양보를 하시기도 하셨지. 꽤나 무리를 하신 것인데, 생각해 보면 당신이 변하실 것이라는 것을 아셨던 것 같다. 그때는 지금과는 전혀 달랐으니까 말이다. 받아줄 텐가?"

"후후후, 좋아. 그 의뢰를 수락하지. 너도 자신의 존재를 걸고 승낙할 건가?"

"승낙한다. 지분을 이동시키겠다."

"후후후, 그렇게 해라."

승낙과 함께 나승호의 손등에 삽입된 스킨 네트워크를 잡고, 존재의 의미를 건 계약을 맺었다.

"형님은 지금 덕적도에 있을 것이다. 신년 구상을 위해 매년 그곳에서 연말을 보냈으니까 틀림없을 것이다."

"네가 행방불명이 됐는데도 그곳에 있다는 것이냐?"

"나에 대해서 보고를 받으셨겠지만 그래도 그곳에 계실 거다. 내가 누군가에게 이렇게 잡혀 있다는 것은 상상도 하지 못하실 테고, 무엇보다 주변에 어떤 일이 벌어져도 연말이면 그곳에 계셨었으니까 말이다."

신년 구상을 위해 머문다는 것은 믿어지지 않지만, 덕적도에 있다는 것이 사실인 것 같기는 하다.

"알았다. 덕적도에 가보도록 하지. 그런데 배고프지 않나?"

"후후후, 너에게 잡히고 지금까지 쫄쫄 굶었으니 고프지 않을 리 있나?"

하긴, 거의 하루 가까이 굶었으니 뱃가죽이 달라붙었을 것이다.

"그렇겠군. 따라 나와라."

"날 믿을 수 있나?"

"의뢰를 한 자가 배신하면 그만한 대가를 치러주면 되니 상관없다."

"역시, 해결사였군."

"이미 알고 있었던 것 아닌가?"

"그렇기는 하지."

"쓸데없는 소리하지 말고 따라 나와라."

대변혁 이전에는 약속이라는 것은 지켜도 그만, 지키지 않아도 그만이었는지는 몰라도 지금은 그렇지 않다.

나승호나 나나 존재의 의미를 가지고 한 계약은 반드시 지켜야 한다.

세상에서 사라지고 싶지 않다면 말이다.

지하실을 벗어나니 모니터로 우리 둘의 대회를 지켜보았을 형이 어느새 부엌으로 가서 재료를 꺼내는 중이다.

"성찬아, 준비 끝났다."

"빠르기도 하네."

"크크크, 의뢰주께서 배가 고프다고 하시지 않냐."

"알았어. 오랜만에 솜씨 좀 한번 부려야지."

중개인을 만나느라 아침을 대충했더니 형도 맛있는 것을 먹고 싶은 모양이다.

의뢰금이 들어온 것이 있으니 오늘을 조금 고급으로 점심을 먹어야 할 것 같다.

"큼! 큼!"

"하하하! 냄새 죽이지요?"

'정말 어울리지 않는군.'

커다란 덩치에 조폭은 저리 가라 할 정도의 인상을 가진 성진이 신이 난 어린아이처럼 말하는 것을 보며 나승호는 이질감을 느꼈다.

"그, 그렇군요."

"기대하셔도 좋을 겁니다."

"기대가 됩니다."

"오늘 의뢰가 끝나서 수금을 하는 날이라 더 맛이 있을 겁니다. 의뢰가 끝날 것을 예상해서 고기를 좀 사다가 숙성을 시켜놨거든요. 오늘 아침에 기본양념을 해서 재놨으니 말이죠."

"아, 예."

사실 고기를 시어링을 해서 부엌 가득 냄새가 진동했지만, 나승호는 별 기대를 하지 않았다.

태연파의 넘버 투로서 내로라하는 쉐프들의 음식을 먹어봤기 때문이었다.

그저 배고픈 것만 면할 수 있으면 그만이었다.

'대답을 잘못한 건가?'

성의 없는 대답이라고 느껴서인지 자신을 바라보는 성진의 눈빛이 곱지 않다는 것을 알아차린 나승호는 시선을 돌려 성찬을 바라보았다.

'이제 보니 보통 가정집 부엌에서 쓸 만한 것들이 아니잖아.'

성찬이 요리하고 있는 주방의 가구와 기구들은 유명 식당에서 볼 만한 것들이었다.

한마디로 전문가용이었다.

점점 더 진하게 풍기는 냄새가 묘하게 식욕을 자극하는 것을 보면 기대를 해도 좋을 것 같다는 생각이 들었다.

'그런데 어째서 시어링을 저렇게 많이 하는 거지?'

시어링은 본격적으로 굽기 전에 뜨거운 불에 고기 표면을 재빨리 구어 육즙이 빠지는 것을 막는 요리 기법이다.

그런데 성진이 시어링을 하는 양이 장난이 아니었다.

거의 10근에 육박할 정도로 엄청난 양의 고기를 시어링하고 있는 중이다.

'저기다가 한꺼번에 굽는 건가?'

시어링을 하고 있는 한쪽 옆에는 검은색이 도는 커다란 석판이 불에 달구어지고 있었다.

양쪽에 손잡이가 달려 있는 것을 보면 일부러 만든 것이 분명했다.

치이이이익!

"꿀꺽!"

올리브유를 뿌리고 시어링을 끝낸 고기들을 석판에 올리자 경쾌한 소리가 들려와 식욕을 자극했다.

성진은 고기를 올리자마자 편으로 썬 마늘을 석판 위에 기름이 모이는 곳에 잔뜩 올려놓더니 옆에 소스를 만들기 시작했다.

버터와 잘 간 허브, 그리고 레몬을 섞어 잘 치대더니 곧바로 냉장고에 넣는 모습이 보였다.

고기가 적당히 익어가자 흘러내린 올리브유에 튀겨지는 마늘 사이로 수저를 집어넣어 기름을 적당치 뿌리고는 이내 고기를 뒤집은 후 다시 같은 행동을 반복했다.

"잠시만 기다리쇼."

조금은 딱딱한 말투로 한마디 한 성진이 자리에서 일어나서 상을 차릴 준비를 시작했다.

식기와 함께 고기와 같이 먹을 것들이 준비가 되고 난 후 성찬이 오븐에 적당히 데워진 두꺼운 접시 위로 먹음직스러운 고기를 올려 곧바로 식탁으로 가져왔다.

'맛있게군.'

잘 구워진 고기와 토핑처럼 얹어진 튀겨진 마늘에서 식욕을 자극하는 냄새가 났다.

"자, 드세요. 드실 만할 겁니다."

"고맙습니다."

성찬의 권유에 나승호는 고기를 썰어 입으로 가져갔다.

'으음, 이건!'

5성급 호텔 레스토랑에서 내놓는 스테이크와 견주어도 전혀 손색이 없는 풍미가 입안에 넘쳤다.

"쩝! 쩝! 쩝!"

"쩝! 쩝! 죽인다."

자신이 풍미를 음미하는 동안 성진과 성찬은 전투적으로 고기를 먹고 있었다.

덩치가 큰 사람들답게 커다란 고기 조각을 사 등분한 후 먹어 대는 모습은 기가 질릴 정도였다.

두툼한 스테이크를 금방 해치운 두 사람은 커다란 석판 위에 놓인 고기를 가져와 다시 먹기 시작했다.

'나도 먹자.'

상당히 많은 양을 구운 것 같지만, 이런 속도라면 금방 동이 날 것 같기에 나승호도 먹는 속도를 높이기 시작했다.

세 사람은 석판에 구운 고기를 마파람에 게 눈 감추듯 금방 먹어치웠다.

"쩝! 성찬아, 맛있었다."

"다행이네."

'내가 두 접시를 먹을 동안 세 배를 먹다니, 식성이 대단한 사람들이군.'

가공할 속도로 먹어치운 두 사람을 보며 나승호는 혀를 내둘렀다.

"성찬아, 뭐 더 없냐?"

"양이 조금 적었지? 잠깐만 기다려 봐."

성찬이 식탁에서 일어나더니 밥솥에서 밥을 꺼낸 후 아직 뜨거운 석판에 퍼 날랐다.

석판 위에 밥을 곱게 편 후 비어 있는 곳에는 마늘을 튀겼던 곳에 남아 있던 기름을 뿌리더니 냉장고에서 김치를 꺼내 잘게 썬 후 볶기 시작했다.

뒤이어 밥 위에도 같은 기름을 퍼서 뿌리더니 별도로 볶기 시작했고, 나중에는 둘을 합쳐 볶았다.

'꿀꺽! 맛있겠다.'

김치가 볶아지며 흘러나오는 시큼하고 기름진 냄새에 나승호는 회가 동했다.

'후후, 그러면 그렇지. 성찬이 만든 음식이 어떤 건데.'

옆에서 나승호의 목젖이 움직이는 것을 본 성진이 그럴 줄 알았다는 듯이 피식 미소를 짓는다.

잠시 후 기름기가 잘 섞여 붉은빛이 감도는 볶음밥이 나왔다.

"쩝! 맛있겠다. 먹자."

"응."

"쩝! 쩝!"

"쩝! 쩝! 쩝!"

나승호에게는 먹어보라는 소리도 하지 않고 두 사람은 보통 것보다 두 배 정도 되어 보이는 숟가락을 들고 정신없이 먹어대기 시작했다.

'금방 다 없어지겠다.'

나승호도 수저를 들고는 정신없이 먹기 시작했다.

아삭아삭한 식감이 돌도록 살짝 익은 김치의 시큼하고 새콤함이 기름과 어울려 황홀한 맛이었다.

"끄윽! 잘 먹었다."

"이제 만족해?"

"그래. 이 정도면 괜찮은 편이죠?"

"얼마 만에 맛보는 진짜 집밥인지, 정말 맛있게 잘 먹었습니다."

처음부터 속도를 낸 터라 만족할 정도의 포만감이 기분을 좋게 했기에 나승호의 대답도 만족스러웠다.

"자, 그럼. 덕적도로 가볼까 하는데, 괜찮겠습니까?"

"지금 당장 말입니까?"

성진의 물음에 나승호가 놀라 물었다.

"시간이 늦을수록 어려워질 수도 있으니, 서두르는 것이 좋을 것 같아서 말입니다."

"그렇다면 떠나도록 하지요."

방금 전까지 당장 움직이지 않을 것처럼 식사에 집중하더니 곧바로 움직이겠다는 말에 어리둥절했지만 나승호로서는 거절할 이유가 없었다.

"형, 그래도 설거지는 끝내야지?"

"흠! 그, 그래야지. 내가 할 테니 준비나 해라. 누가 좀 도와주면 빨리 갈 수 있을 텐데……."

"얻어먹은 것도 있으니 제가 돕겠습니다."

"의뢰주이신데……."

"아닙니다. 형님을 구하려면 서둘러야지요."

눈치 빠른 나승호는 얼른 소매를 걷어붙이고 싱크대로 향했고, 성진은 미소를 지으며 뒤를 따라 설거지를 시작했다.

두 사람이 설거지를 하는 동안 성찬은 덕적도로 갈 준비를 하기 시작했다.

◆　　　◆　　　◆

　눈이 뒤덮인 덕적도 비조봉 정상.

　그리 높지 않는 곳이기는 하지만 서해 바다가 환하게 보이는 곳이라 경치가 그만인 이곳에 반백의 사나이가 기묘한 눈빛을 한 채 태양이 떠오르는 바다를 바라보고 있었다.

　키는 그리 크지 않지만 단단해 보이는 체구에 강인한 인상을 가진 반백의 사나이는 바로 태연파의 보스인 최종학이었다.

　대변혁 이후 유물을 얻어 진성 각성자가 된 그는 인천 일대를 완벽하게 손에 넣었다.

　비록 어둠의 세계에서 몸을 일으켰지만 자신의 조직을 양지의 기업으로 이끌었고, 어둠의 세계까지 완벽하게 장악을 한 터라 인천 일대에서는 그에게 무시하고나 대적하는 인사는 하나도 없었다.

　덕적도가 고향인 최종학은 사업을 크게 일으킨 후 주민들에게 후한 값을 치르고 덕적도의 땅을 전부 사들여 매년 연말이면 생각을 정리하기 위해 덕적도를 찾고 있었다.

　지금은 개인 섬이나 마찬가지였기에 지금 덕적도를 관리하고 있는 한 가구를 제외하고는 아무도 살지 않고 있었다.

　"으음."

　눈 덮인 비조봉 정상에서 한참 동안 찬바람을 맞으며 일출을 바라보고 있던 최종학이 신음을 흘리며 인상을 구겼다.

'이놈이 요동을 치는구나.'

얼마 전부터 의식을 파고드는 기묘한 존재를 느낄 수 있었다.

유물을 얻고 의지의 시험을 받지 않은 자들에게는 전조도 없이 순식간에 찾아와 영혼을 집어삼킨다고 알고 있었지만, 자신은 사전에 알아차리고 준비를 한 탓에 일단 제지는 할 수 있었다. 아주 오래전에 얻었던 심공을 한 번도 쉬지 않고 꾸준히 운용하고 있었던 덕분이었다.

좌공은 물론 입공이나, 동공도 가능한 심공이라 의식을 파고드는 존재를 누르는 것은 그리 어렵지 않았지만 최종학의 얼굴은 펴지지 않았다.

막을 수 있는 시간이 그리 멀지 않았다는 것을 스스로도 느끼고 있었기 때문이었다.

"후우, 어렵구나. 이제는 끝인 것인가? 천유심공으로도 이제는 막을 수 없겠구나."

유물로 각성을 한 후 여태 아무 일도 없다가 몇 달 전부터 자신의 의식을 건드리며 잠식하려는 존재가 느껴지면서 저항을 해오고 있지만, 갈수록 힘들어지고 있었다.

인천에서 업무를 보는 중에 가끔 정신을 잃을 때가 있을 정도로 심각한 상태였다.

천유심공이라는 희대의 심공이 있어서 막고는 있지만, 어디까지 버틸 수 있을지 알 수 없는 일이었다.

"방법을 찾니 못한다면 언제가 이놈에게 잡아먹힐지도 모른다. 어서 빨리 게이트를 열어야 하는데……."

자신의 의식을 파고드는 존재를 막기 위해 지금까지 여러 가지 방법을 써봤지만 소용이 없었다.

고승들에게 자문도 구해보고, 용하다는 큰무당을 찾아봤지만 미지의 존재를 없애지는 못했다.

흑사단과 손을 잡은 후 중국으로 건너가 정파의 심공들을 찾아내 익혀 보았지만, 천유심공만 못한 것들뿐이라 소용이 없는 일이었다.

천유심공으로도 간신히 억누를 수 있을 뿐, 자신의 의지를 노리는 존재를 몰아내지 못하고 있었다.

지금도 꿈틀거리며 먹이를 노리는 독사처럼 자신의 의식을 건드리고 있는 정체불명의 의지를 간신히 억누를 수 있었다.

이대로 가다가는 자신이 아니게 될지도 모른다는 불안감에 최종학은 고개를 흔들었다.

"승호가 그곳을 얻는다면 방법을 찾을 수 있다. 게이트를 찾으면 여는 것과 동시에 나를 잠식하고 있는 이질적인 정신 에너지를 분리해 낼 수 있을 테니까."

협력하기로 했지만 장천에 대한 감시를 게을리하지 않은 결과 우연치 않게 중요한 정보를 얻었다.

대변혁 이후 바뀐 세상에 흐르는 것은 이전의 기운들이 융합된 것이고, 게이트를 열면 그것들을 분리시킬 수 있다는 정보였다.

장천은 다른 대차원과의 연결 통로인 게이트를 열어 사라져 버린 태고의 힘을 얻으려 하고 있었다.

그것이 아주 위험한 일임에도 불구하고 최종학이 협조를 한 것은 자신의 문제를 해결하기 위해서였다.

자신의 문제만 해결이 된다면 장천의 야욕을 막을 수 있을 것이라 생각했기 때문이었다.

"승호 녀석이 사라진 지 얼마 되지 않았으니, 조금 더 기다려 보자."

마흔다섯을 넘어선 나승호는 막내 동생과 같은 존재이고 자신을 형처럼 여기는 터라 배신할 염려는 없다.

자신과 같이 유물을 얻어 각성했지만, 자신이 변하지 않는 한 다른 존재로 화신할 염려도 없었다. 천유심공을 가르쳐 넣은 덕에 의지가 깨어나도 어느 정도는 제어할 수 있을 것이기 때문이었다.

자지고 있는 능력으로 볼 때 큰 위험은 없을 것이기에 조만간 연락이 올 것으로 의심치 않았던 최종학은 눈 쌓인 등산로를 헤치고 아래로 내려갔다.

산 아래로 내려오자 덕적도에 있는 별장을 관리를 위해 별장지기로 고용한 중년 부부가 최종학을 기다리고 있었다.

"늦으셨네요, 회장님. 아침 식사를 준비해 놨으니 어서 가서 드시지요."

"고맙네."

별장지기 부부를 따라 그들의 집으로 간 최종학은 맑은 생선탕과 김치 등으로 식사를 한 후 별장으로 돌아왔다.

별장에 들어온 최종학은 가부좌를 틀고 천유심공을 운용하며 깨어나려고 하는 의지를 억눌렀다.

찌—이잉!

한참 운공에 매진하던 최종학은 뇌리를 강타하는 전율을 느낄 수 있었다.

"커억!"

기운이 흔들린 탓에 각혈을 한 최종학의 얼굴이 질려 있었다.

"때가 되면 알 수 있다고 하시더니, 그분이 예언하신 것이 이 것인가?"

오랫동안 가슴에 묻어두었던 기억이 떠오르자 최종학은 때가 다가왔음을 본능적으로 알 수 있었다.

자신에게 닥칠 두 가지 경우 중에 최악의 상황은 면하기는 했지만 죽음만은 피할 수 없다는 것을 알기에 스킨 패널을 열어 누군가와 연결을 시도했다.

— 안녕하십니까, 회장님?

"그래, 승호에게서는 연락이 왔나?"

─ 아, 아직입니다.

"추적은 어떻게 됐나?"

─ 그곳에서 사라지시고 난 후 신호가 아예 잡히지 않고 있습니다.

"이상한 일이군. 승호의 신호가 잡히지 않다니 말이야."

─ 회장님도 아시다시피 인식 차단 장치가 설치되어 있거나 결계가 쳐져 있다면 부회장님의 신호가 잡히지 않을 수도 있습니다.

"수도권에서 인식 차단 장치나 결계가 쳐져 있는 곳이 얼마나 되는지 알아봤나?"

─ 정부와 관계있는 곳이 198개고, 민간 영역에 있는 것은 26곳입니다.

"마지막 신호가 잡힌 곳 인근은?"

─ 정부와 관계있는 곳만 세 곳입니다. 민간 영역과 관계가 있는 곳은 하나도 없었습니다.

"골치 아프군. 계속 모니터링을 해봐라. 신호가 잡히면 곧바로 연락을 하도록 하고."

─ 회장님께서 직접 나서실 생각이십니까?

"승호가 잡혔다면 상대가 만만치 않을 테니, 내가 나서는 것이 피해를 줄이는 길이다."

— 알겠습니다, 회장님.

"장천 쪽은 어떻게 됐나?"

— 알아내기는 했습니다만……

"뭔가?"

— 조금 황당하기는 하지만 장천이 노리는 것은 반고라는 화하족의 신이 가졌던 권능인 것 같습니다.

"반고? 중화라는 것들의 시조신 말이냐?"

— 그렇습니다.

"으음, 다른 것은 없었나?"

— 흑사단에서 아주 오래 전부터 반고와 관련된 유물들을 비밀리에 모으고 있는 것으로 파악이 되었습니다.

"어느 정도인지 규모는 파악이 됐나?"

— 거의 박물관급 규모는 되는 것 같습니다.

"으음, 그렇군."

일반적으로 보면 헛짓거리로 생각이 되겠지만, 중국에서 다른 대차원과 연결된 게이트를 열어 유물을 각성시켜 능력을 얻고 있다는 정보를 알고 있던 최종학은 장천에 대한 보고를 흘려서 들을 수 없었다.

'확실히 장천이라는 놈은 확신을 가지고 우리와 손을 잡은 것이 분명하다. 문제가 심각해질 수도 있다.'

아주 오랜 옛날, 대륙의 패권을 놓고 반고가 앞세운 존재가

헌원이었고, 쥬신이 앞세운 것이 치우천황이었다.

장천이 실제로 반고의 힘을 얻게 된다면 성격상 이 땅에 큰 환란이 닥칠 수도 있었다.

'그렇다면 이제 시작을 해야 한다. 비록 어둠의 세계에 몸을 담아왔지만, 놈들의 손에 이 강산이 짓밟히는 것을 두고 볼 수 없는 일이니까.'

지난 시간 동안 준비해 왔던 것들을 실행할 때였다.

"지시를 내리겠다. 전에 말한 것들을 시작하도록 해라."

― 지, 진천을 시작하라는 말씀이십니까?

"그렇다. 내가 말해두었던 그대로 시행해라."

놀라 떨리는 목소리가 수화기를 타고 흘러들어 왔음에도 최종학은 냉정하게 지시를 내렸다.

― 아, 알겠습니다, 회장님.

"앞으로 승호를 잘 부탁한다."

― 최선을 다해 모시겠습니다, 회장님.

"이만 끊는다. 진천이 시작된 이상 이제 다시 내가 연락할 일이 없을 거다."

― 뜻하시는 것을 이루시길 빌겠습니다, 회장님.

"고맙다."

최종학은 마지막 대화를 끝으로 손등에 장착된 스킨 패널의 네트워크를 껐다.

최종학은 그동안 자신이 달라지고 있다는 것을 느낀 후 여러 가지 조치를 취했다.

이제 마지막으로 자신의 동생이나 다름없는 나승호를 위한 안배를 마치니 마음이 조금 홀가분해졌다.

'제발 그분 말씀대로 되길……'

마음이 편해지자 자신에게 예언 같은 조언을 해줬던 고승의 말씀이 생각났다.

자신의 운은 갑을 기준으로 변하고, 승호의 운세는 자신이 변하는 순간에 고신간난 끝에 귀인을 만나 하늘에 닿는다고 했었다.

고승의 말대로 된다면 자신이 원하던 것을 다 얻은 것이나 마찬가지이니, 게이트를 열어 자신을 침식하는 존재를 분리해 내는 것이 실패하더라도 상관은 없었다.

'나머지도 마저 준비를 하자.'

결심을 굳힌 최종학은 곧장 별장의 지하실로 향했다.

지하실에는 자신과 나승호만이 아는 비밀 공간이 있었다.

자신에게 무슨 일이 생기면 나승호에게 전할 것들을 준비하기 위해서였다.

유물을 얻고 각성자가 된 후 암암리에 모아 놓은 것들은 동생이나 다름없는 나승호에게 좋은 발판이 되어줄 것이기에 최종학은 모든 것을 기쁘게 준비할 수 있었다.

서너 시간이 흐른 후에 모둔 준비를 마친 최종학은 지하실에서 올라왔다.

'후후후, 유물을 얻은 후 삼십 년 가까이 됐지만, 오늘이 제일 홀가분하군. 이제 내가 해야 할 일만 하면 되는 건가?'

유물을 얻고 남들이 가지지 못한 특별한 능력을 얻게 된 후부터 알 수 없는 불안감을 느꼈다.

수련을 위해 시간이 날 때마다 전국을 순회하다가 만났던 고승으로부터 자신의 불안감이 사실이라는 것을 알게 된 후부터 언제나 미래가 두려웠다.

하지만 이제 마음을 털어버리니 모든 것이 한순간의 꿈 같았다.

'게이트를 여는 것이 이 땅에 민폐를 끼치는 것이라면 내가 거두는 것도 의미가 있겠지. 승호야, 유물을 잃겠지만 내가 남긴 것들이 너에게 날개를 달아줄 테니 한번 크게 날아올라 봐라.'

지하실에 나승호에게 전할 것들을 준비해 놓은 터라 이번 일에 자신의 모든 것을 걸기로 작심한 최종학은 곧바로 별장을 나섰다.

이제는 결착을 지어야 할 때였다.

"하하하! 장천 지사장은 언제나 화끈해서 좋아."

"별말씀을 다 하십니다. 그나저나 식사는 마음에 드셨는지 모르겠습니다."

"아주 좋았네."

"다른 분들은 어떠신지요?"

"나도 좋았소."

"저도 잘 먹었습니다."

"그렇다면 다행입니다. 다들 국정에 바쁘실 텐데 이만 자리를 끝내야겠군요."

"하하하, 알았네. 이제 가야지."

여당의 원내총무인 장국호가 웃으며 자리에서 일어나자 다른 이들도 따라서 일어났다.

"가시는 길에 약소하나마 선물을 준비했습니다."

"선물까지?"

"전에 마련해 드린 것이라면 문제가 없을 겁니다.

"그런가? 고맙네. 국정에 보탬이 될 걸세."

'내가 그렇게 만들기는 했지만 썩을 대로 썩었군.'

속으로는 다른 생각을 하면서도 장천은 장국호의 비위를 맞췄다.

"도움이 되신다니 다행입니다, 총무님."

"이번 도움 고맙네. 다음에 기회가 되면 또 보세."

"그러지요. 그럼, 살펴 돌아가십시오."

장천이 고개를 숙여 인사를 하자 장국호가 손을 들어 보이더니 곧장 로즈 룸을 떠났고, 두 사람도 고개를 숙여 보인 후 말없이 뒤를 따랐다.

두 시간에 걸친 조찬 모임이 끝나고, 세 사람이 먼저 로즈 룸을 빠져나간 후에도 장천은 떠나지 않고 자리를 지켰다.

얼마 지나지 않아 그의 비서인 윤건호를 로즈 룸으로 들어왔다.

"윤 비서, 다들 돌아갔나?"

"예, 단주. 고생하셨습니다."

"고생은, 그까짓 놈들 비위 맞추는 일인데. 그나저나 양아치 새끼들에게 먹이는 줬나?"

여당의 실세들과 안정행정부의 차관을 동네 양아치보다 못하게 여기는 장천이었다.

"트렁크에 꽉 채워서 넣어뒀습니다. 당분간은 먹이를 달라고 보채지 않을 겁니다."

"양아치들이 그곳을 건드린 놈들을 찾아낼 수 있을까?"

"그래도 한국 내에서는 알아주는 놈들이니 정체는 몰라도 단서 정도는 파악을 해서 가져올 겁니다."

"어차피 그 건만으로 만난 것은 아니니까 이 정도로 됐고, 최종학이는 지금 어디에 있지?"

"올해도 어김없이 그곳으로 기어 들어갔습니다."

"또 거긴가?"

생각할 일이 있으면 덕적도로 들어가 버리는 것을 아는 터라 장천이 고개를 끄덕였다.

"나승호는 어떻게 됐나?"

"태연파 쪽 아이들이 부산하게 움직이는 것을 보고 조사를 해보니 어제 그 일이 있고난 후부터 행방이 묘연한 것 같습니다.

"나승호가 행방이 묘연하다는 말인가?"

"그렇습니다."

상당한 실력자인 나승호가 갑자기 연락이 두절되는 일은 흔치 않은 일이었다.

다른 능력자에게 당했다면 이미 알려졌을 것이기에 스스로 몸을 감추었다고 봐야 했다.

"으음, 설마 놈들이 뒤통수칠 준비를 하고 있는 것은 아니겠지?"

"그럴 가능성도 배제할 수 없는 상황입니다만, 이미 만반의 준비를 해두었으니 그리 염려하지 않으셔도 될 겁니다, 단주님."

"알았다. 역시 윤 비서로군. 그렇다면 무슨 생각을 하고 있는지 최종학이를 만나봐야 할 것 같군."

"바로 가실 겁니까?"

"나승호의 움직임이 심상치 않으니 곧바로 가는 것이 나을 것이다."

"혹시나 몰라서 옥상에 헬기를 준비해 두길 잘한 일 같군요."

"후후, 그런가. 역시 자네로군. 그럼 가도록 하지."

"예, 단주님."

윤건호와 함께 로즈 룸을 빠져나간 장천은 호텔 옥상에 미리 대기시켜 놓은 헬기를 타기 위해 엘리베이터에 몸을 실었다.

투투투투투!

옥상에서는 시동을 건 헬리콥터의 프로펠러가 세차게 돌아가고 있었다.

"어서 타십시오."

"알았네."

윤건호의 인도를 따라 장천이 헬리콥터에 탑승하자 이내 상승하더니 서쪽을 향해 기수를 틀었다.

제 6 장

스슷!

장천이 탄 헬리콥터가 사라지자 호텔 옥상이 보이는 건물 옥상의 한구석이 일렁이며 누군가 나타났다.

장천이 옥상에 올라오는 순간부터 예의 주시하고 있던 국정원 요원이었다.

"흑매미가 날아올랐다. 반복한다. 흑매미가 날아올랐다. 방향은 황금탈이 있는 곳인 것 같다. 앞으로 그쪽은 참수리들에게 맡기겠다."

국정원 요원은 헬기가 사라진 방향을 보며 곧바로 무전을 날렸다.

메시지를 전한 국정원 요원은 곧장 주파수를 바꿨다.

"진드기들의 추적은 어떻게 됐나?"

― 세 팀이 붙어서 추적 중입니다.

"증거는 확보됐나?"

― 곧바로 호텔 CCTV 데이터를 확보했고, 영상의 화질도 확실하게 나왔습니다.

"도청은?"

― 노이즈가 깔려서 실패했습니다.

"아깝군. 그것까지 있었다면 더 좋았을 텐데 말이야."

― 장천의 비서란 놈이 워낙 철두철미한 놈이라. 로즈 룸에 들어가자마자 인식 차단 장치를 켰습니다.

"어쩔 수 없는 일이군. 하지만 다른 증거들도 많으니 일단 진드기들에게 집중한다. 그리고 집 진드기는 밀착해서 감시해라."

― 알겠습니다, 과장님.

백승호는 서진우에게 집중하기로 했다.

장천이나 윤건호는 접근 자체가 어려울 뿐 아니라 자칫 외교적 문제가 발생할 우려가 있었다.

그리고 여당의 실세들인 장국호나 김찬동은 건드리기가 까다로웠다.

국회의원들은 자신의 홍보를 위해서, 그리고 자신의 세력을 유지하기 위해서 막대한 정치자금을 필요로 한다.

그러나 정치자금법이 개정되고 난 후 자금을 구하는 것이 쉽지 않은 일이 되어버렸다.

세상이 변한 후에 1,000만 원 이상의 불법 자금을 수수할 시 최저형이 징역 10년으로 바뀌었기 때문이다.

'국회의원이라는 새끼들이 당선되고 나면 제일 먼저 챙기는 것이 아공간 포켓이라서 물증을 잡을 수 없으니 안타깝군. 그렇다고 무작정 덮칠 수도 없고 말이야.'

뇌물을 받는 것이 들키는 순간 모든 것이 끝나기에 국회의원들이 브리턴산 아공간 포켓을 구입한다는 것은 이미 공공연한 비밀이다.

보나마나 장국호와 김찬동이 아공간 포켓을 가지고 있을 것이고, 차에 타는 순간 장천이 준 뇌물은 곧바로 입고시켰을 터였기에 증거물을 확보하는 것은 쉽지 않은 일이라고 백승호는 생각했다.

'서진우라면 뭔가 나오겠지.'

그나마 만만한 것이 안전행정부 1차관인 서진우였다.

국가 안위에 직결되는 부처의 특성상 서진우가 흑사단의 최고수뇌와 거래를 했다는 정황만으로도 잡아서 족칠 수 있기 때문이었다.

장천이 뭘 부탁했는지, 그리고 무엇을 원하는 지 얼마 있지 않아 알 수 있을 것이라는 생각에 백승호는 곧바로 옥상을 떠나

빌딩 지하에 대기하고 있는 차량으로 갔다.

차량이 탄 백승호는 곧바로 시동을 건 후 주차장을 빠져나가며 무전을 다시 켰다.

"서진우는 어디로 갔나?"

― 안전행정부로 갔습니다.

"공무원이라는 새끼가 점심시간이 지나서 출근을 하는군. 저런 놈이 어떻게 중앙 부처 차관이 될 수 있었는지……."

― 세상 물정 모르고 공부만 하다가 시험에 합격해서 공무원이 되고, 집안 백으로 그 자리까지 올라간 놈이니 오죽하겠습니까?

"그러니까 세상 무서운 줄 모르는 것이겠지. 그동안 서진우를 상대로 수집한 데이터는 준비가 되나?"

― 이미 준비해 놨습니다.

"영장도 준비를 해놔. 청사 내에서 놈을 체포하게 되면 분명히 반항할 테니까."

― 과장님께서 도착하실 때쯤이면 막내가 영장을 가지고 도착해 있을 겁니다.

"가능한 건가?"

― 그동안 놈들을 잡기 위해 준비한 것이 많아서 쉽기도 하지만 영장전담판사가 박승재 판사입니다.

대변혁 이후 서진우 같은 자들도 있지만, 기업이나 정치세력에 구애받지 않고 자신의 소신을 다하는 이들이 공직 사회 곳곳에 생겨났다.

그런 이들이 가장 많이 나타난 곳이 검찰과 법원이었다.

특하나 박승재는 검찰의 유민호와 함께 가장 사법적인 인물이라고 손꼽히는 판사였다.

그동안 모아온 자료라면 충분히 구속영장을 발부받을 수 있을 터였다.

"그래? 그 양반이야 대외 안보 문제에 있어서는 초강경파니까 곧바로 나오겠군. 난 안전행정부로 갈 테니, 새온당사로 가서 두 놈 신병 확보할 준비를 해."

― 어려울지도 모릅니다.

"2차장 휘하에 있는 윤학준이가 그곳으로 갈 거야."

― 첩보 과장님이라면 문제없을 겁니다.

"현행범이라면 신병을 확보하는 데 큰 문제는 없을 테니. 윤학준이 가면 곧바로 현장에서 체포해."

― 예, 과장님.

"좋아. 만에 하나라도 실수가 있으면 안 되니 철저히 점검하도록 하고."

― 예.

백승호는 작전대로 진행이 되고 있는 생각이 들었지만 만약의 경우를 생각해 요원들에게 다짐을 둔 후 빠르게 차를 몰왔다.

백승호는 차를 빠르게 몰아 광화문에 있는 안전행정부 청사로 향했다.

광화문에 도착하자 요원들이 대기하고 있었다.

"오셨습니까, 과장님?"

"그래. 영장은 어떻게 됐나?"

"도착했습니다."

"들어가자."

백승호는 수하들을 이끌고 청사 안으로 들어갔다.

"어떻게 오셨습니까?"

로비로 들어서는 순간, 방호 요원이 앞을 막았다.

백승호는 두말없이 품에서 신분증을 꺼내 상의에 달았고, 요원들도 백승호를 따라 신분증을 패용했다.

"어디로 가시는 겁니까?"

"서진우 차관을 만나러 왔소."

"서 차관님을요? 곧바로 연락을 하겠습니다."

"아니, 연락할 필요 없소. 그리고 자네는 이 사람이 연락을 하지 못하도록 막고 있게."

방호 요원을 막은 백승호는 요원 하나를 가리키며 연락을 취하지 못하도록 했다.

7층에 있는 사무실까지 올라가는 동안 발생할지 모르는 만약의 사태를 예방하기 위해서였다.

"알겠습니다, 과장님."

백승호는 요원의 인사를 받으며 곧바로 엘리베이터로 향했다.

"무슨 일이지?"

"그러게. 큰일이라도 벌어진 건가?"

국가정보원에 소속된 건장한 사나이 다섯 명이 빠르게 엘리베이터를 향하는 모습을 보면서 안전행정부 소속 공무원들이 수군거렸다.

자신을 바라보는 사람들을 수군거림을 뒤로하고 엘리베이터를 탄 백승호는 7층에 도착하자 차관 집무실로 향했다.

"무슨 일로 오셨습니까?"

나이가 조금 들어 보이는 비서가 백승호를 맞으며 물었다.

"국가정보원소속 백승호 보안 과장입니다."

"국가정보원이요?"

"서 차관님은 안에 계십니까?"

"지금 간부 회의 중이십니다만."

차관 비서가 서진우가 회의 중임을 말하며 문을 막아섰다.

"안에 계시군요."

"그렇습니다."

"그럼 좀 들어가겠습니다."

"회의 중입니다."

백승호가 집무실을 열기 위해 손잡이를 잡으려 하자 비서가 말리고 나섰다.

"공무 집행 중입니다."

옆에 있던 요원 하나가 비서에게 체포 영장을 내밀어 보여주었다.

"어?"

"비키십시오."

"아, 예."

비서가 비켜나자 백승호가 문을 열고 안으로 들어갔다.

낯선 사람이 들어오자 사람들의 시선이 백승호에게 쏟아졌다.

"지금 회의 중인데, 무슨 일인가?"

서진우가 날선 목소리로 백승호를 뒤따라 들어온 비서에게 물었다.

"서진우 차관님이십니까?"

"그렇소만!"

"국가정보원 소속 백승호 과장입니다."

"무슨 일이오?"

"당신을 국가보안법 위반 혐의로 긴급 체포합니다. 당신은 묵비권을 행사할 수 있으며, 변호사를 선임할 권리가 있습니다.

그리고 당신이 한 모든 발언은 법정에서 불리하게 작용할 수 있습니다. 체포해."

구속영장을 보이며 미란다 원칙을 고지한 백승호가 명령을 내리자 요원 하나가 서진우에게 다가가 수갑을 채웠다.

서진우는 대변혁 이후 10여 년 동안 대대적으로 벌어졌던 공직 정화 시기 이후에 공개적으로 체포되는 최고의 고위직 공무원이었다.

"이게 무슨 짓이오. 국가보안법 위반이라니? 당신들 이러고도 무사할 것 같소."

수갑이 채워지자 서진우가 반항하며 기세를 높였다.

"당신, 오늘 화티엔 그룹의 장천과 만났지?"

"으음."

"괜한 생각하지 마. 증거를 인멸할 생각도 하지 말고. 당신이 찬 그 수갑은 에너지 동결 마법진이 걸려 있는 것이라서 소용이 없을 테니 말이야."

서진우는 장천을 만났다는 것을 알고 있고, 에너지 동결 마법이 걸려 있는 수갑이라는 말에 가슴이 철렁했다.

'젠장!!'

국가정보원에서 모든 것을 알고 온 것이 틀림없었다.

'장천에게 연락을 취해야 한다. 그렇지만 않으면 모두 죽는다.'

위기감을 느낀 서진우는 처음 협력 관계를 맺을 때 장천에게서 받은 것이 떠올랐다.

위기의 순간에 누르면 자신에게 구명줄이 될 수 있다는 말에 손목에 차고 있던 시계줄의 한 부분을 눌렀다.

"후후후, 예상대로군."

"뭐, 뭘 말이오?"

"우리가 네놈이 가지고 있는 아공간 포켓을 봉인하려고 에너지 동결 마법이 걸린 수갑을 채웠다고 생각하나?"

"무슨 소리요?"

"네놈이 살아 있는 한 아공간 포켓을 되살리는 것은 아주 쉬운 일이다. 그렇지만 네놈이 죽으면 완전히 사라져 버리게 되지. 그리고 네놈이 지금 누른 그것은 자살용 마법 폭탄이다."

"헉!"

"모르고 있었던 모양이군. 애당초 장천에게 너라는 존재는 소모품에 지나지 않은 존재다. 아예 지우는 것이 놈에게는 가장 안전한 일이지. 끌고 나가라."

"크흐흐흑!"

요원들에게 끌려 나가는 서진우는 자신이 장천에게 철저히 이용당했다는 것을 깨닫고, 뜨거운 눈물을 흘렸다.

집무실을 나선 후 청사 로비에서 소식을 듣고 달려온 기자들에게 둘러싸여 사진이 찍히며 질문 세례를 받을 때도 그의 눈물은 멈추지 않았다.

◈　　　◈　　　◈

별장을 나와 선착장에 있는 보트를 타고 육지로 나가려던 최종학은 상당히 편안하다는 것을 느꼈다.

죽음에 대해 초탈한 마음을 가져서인지 의식을 잠식하고 있는 유물의 의지 또한 잠잠했다.

'마음을 비우라더니 이런 것 때문이었나?'

"으음!"

어느 때보다 편안한 마음을 가지게 된 것에 기뻐하며 천유심공을 다시 살펴보려던 최종학은 신음과 함께 고개를 들어 육지 쪽을 바라보았다. 아주 익숙한 기운이 다가오고 있었기 때문이었다.

"장천이로군. 이 시간에 무슨 일이지? 일이 터졌다고 섣불리 움직일 자가 아닌데……."

빠르게 다가오고 있는 장천의 에너지를 읽은 최종학은 고민스러운 눈빛으로 장천의 에너지를 살폈다.

"본색을 드러내고 오다니 의외군."

장천은 두 가지 모습으로 생활한다.

하나는 기업가, 다른 하나는 어둠의 세계를 움직이는 조직의 수장으로 말이다.

기업가로서 만난 적은 있어도 흑사단의 단주일 때의 장천은 한 번도 만난 적이 없었다.

속도가 빠른 것을 보면 헬리콥터를 타고 오고 있는 모양인데, 깊이 감추어둔 자신의 진짜 기운을 풀풀 풍기고 있는 중이다.

"이 정도라면 뭔가 일이 터진 모양이군."

비행경로까지 노출되었을 텐데 이렇게 노골적으로 찾아오는 것이 심상치 않음을 느낀 최종학은 가지고 있는 기운을 끌어 올렸다.

"아깝군. 시간이 좀 더 있었으면……. 내 운은 여기까지인가 보군. 장천이 내 의도를 알아차린 모양이니 말이야."

천유심공의 극의를 깨닫기는 했지만, 수습할 시간이 없는 것이 아쉬웠다. 하지만 어쩔 수 없었다.

장천이 본색을 드러내고 오는 것을 보면 게이트를 선점하려던 자신의 계획을 알아차리지 않고는 있을 수 없는 일이기 때문이다.

최종학은 보트에서 내려 예전에 해수욕장이 있던 곳으로 발걸음을 옮겼다.

자신과 장천의 싸움으로 인해 다른 이들이 피해를 입는 것을 방지하기 위해서였다.

투투투투투!

최종학이 해수욕장에 도착하는 순간 헬리콥터가 상공에서 호버링을 시작하더니 천천히 아래로 내려앉았고, 장천이 홀로 내렸다.

다시 상승하는 헬리콥터를 물끄러미 바라보던 최종학이 입을 열었다.

"이 시간에 무슨 일이지?"

"신년 구상을 방해한 것은 미안하군. 하지만 급한 일이 있어서 말이야."

"급한 일이라……. 사업에 관한 것이라면 내년에 해도 상관이 없지 않나?"

"크크, 글쎄. 사업에 관한 것이 아니라서 말이야."

"사업에 관한 것이 아니라면 그것 때문인가?"

"하마터면 놓칠 뻔했지 뭐야."

"뭐가 말인가?"

"이곳으로 오는 동안 한 가지 보고를 받았는데 아주 흥미롭더군. 누군가 그 땅에 대해 조사를 의뢰했는데, 의뢰주의 신상이 아주 흥미로워서 말이야. 자신의 수족을 보내 놓고, 뒤로 조사를 시키다니 아주 의외였어. 의뢰를 받은 놈들에게 수족들이 박살 났고, 심복이라는 자는 행방불명이 됐거든? 아주 재미있지 않나?"

"무슨 말을 하는지 모르겠군."

"이거 왜 이러시나. 비공식 랭킹이 10위라고 자신만만하다 이건가? 그 땅 말이야, 노리고 있었던 건가? 의뢰를 보낸 것은 연막이었고 말이야."

"후후후, 무슨 소리인지는 모르겠지만 한 가지 묻지. 왜 그 땅을 그리 탐내는 거지? 그 땅에서 게이트가 열 수 있어서 그러는 건가? 아니면, 게이트를 열 때 발생하는 에너지 파장으로 얻고 싶은 것이라도 있나? 흑사단주!"

"크크크, 역시! 내가 흑사단주라는 것까지 파악을 했다니, 태연의 수장답다. 거기까지 알아냈다면 다른 것도 알고 있을 테니 내가 널 너무 얕본 모양이로군."

"세상에 비밀은 없으니까."

"역시, 대답이 되었을 테니 나도 한 가지 묻지. 차원 에너지 파장에 대해서는 어떻게 알았나?"

자신이 흑사단주라는 것보다 차원게이트에 대해 속속들이 알고 있는 것에 더 궁금증이 생긴 장천이 물었다.

"잊었나? 나 또한 유물을 얻어서 각성한 사람이라는 것을 말이야. 네놈이 원하는 것 정도는 손을 잡을 때부터 알고 있었다."

"그랬군."

오월동주처럼 속내를 가지고 연합을 했다는 소리에 장천이 고개를 끄덕였다.

"나에 대해서 알고 있는데도 이렇게 나오는 것을 보면 자신이 있다는 소리인데, 당신 혼자서 날 감당이나 할 수 있을까?"

"삼천리금수강산을 더럽힌 떼 놈 정도는 충분히 감당할 수 있지? 네놈이 장로원에 속해 있다고 해도 말이다."

"으음."

헬리콥터에서 내린 이후 처음으로 장천의 얼굴이 심각하게 굳어졌다.

"어디까지 알고 있나?"

"궁금한 모양이로군. 그렇다면 알려주지. 네놈이 대변혁 이후 사라진 대륙천안에 속해 있다는 것, 그리고 삼원 중 장로원의 여덟 번째 장로라는 것은 비밀도 아니다."

"후후후, 그럼 나에 대해 전부 알고 있다는 말이로군."

최종학을 제거하려는 것인지 장천의 몸에서 강한 살기가 흘러나왔다.

대륙천안에 세상에 다시 나타났다는 것이 국정원에 알려지기라도 한다면 장천으로서도 그 여파를 감당할 수 없었기 때문이다.

더군다나 게이트를 이용해 수작을 부리는 것이 분명한 이상 최종학을 제거하는 것이 여러모로 나았다.

'역시 대륙천안이었군.'

장천의 살기를 느끼며 최종학은 자신이 조사한 것이 모두 사실임을 느끼며 능력을 끌어 올렸다.

두 사람이 방출하는 에너지로 인해서인지 돌연 백사장이 어두워지기 시작했다.

에너지 파장으로 인해 대기가 급격하게 불안정해진 탓에 생성된 먹구름이 덕적도 상공에 드리웠기 때문이었다.

우르르르릉!

쏴아아아!

하늘이 울어 대더니, 급기야 장대비가 내리기 시작했다.

기온이 영하 5도가 넘는 터라 절대 자연적인 현상이 아니었다.

번—쩍!

콰르르릉!

최종학이 발휘한 능력으로 만들어진 먹구름에서 하얀 섬광이 장천을 향해 내리 꽂혔다.

콰지지지지직!

진성 각성자라도 절대 무시할 수 없는 위력을 가진 뇌전이 연이어 직격했지만, 장천의 표정은 변하지 않았다.

'어, 어떻게?'

최종학은 장천을 보면서 믿을 수가 없었다.

그의 전신에 흐르는 푸른빛의 서기가 하늘에서 떨어지는 번개들을 흘려내고 있었기 때문이었다.

장천이 손을 내밀어 천천히 주먹을 말아 쥐면서 팔꿈치를 뒤로 당겼다.

파츠츠츠츠!

심상치 않은 기세에 최종학은 자신의 앞에 뇌전으로 만들어진 여러 겹 배리어를 생성시켰다.

슈―웅!!

장천이 주먹을 내지르자 공기를 헤집는 소리가 들려왔다.

콰콰콰콰콰콰콰콰콰쾅!

'이런!!'

배리어가 연이어 터져 나가며 부서지고 있었다.

최종학은 기겁을 하며 자신의 심장을 향해 날아오는 에너지를 막기 위해 두 팔을 교차했다.

콰―아앙!!

거대한 폭발음과 함께 모래사장에 긴 흔적을 남기며 최종학이 뒤로 밀려났다.

"크윽!"

에너지 배리어를 수십 겹 두른 팔로도 여파를 막지 못해 내상을 입은 최종학이 신음을 흘렸다.

'크으, 내가 예상한 것보다 강하다. 그리고 내가 가진 것과는 다른 힘이다.'

여러 경로로 확인한 결과, 장천은 샴발라에 들어가 각성한 자가 아니다.

자신과 같이 유물을 얻어 각성한 능력자지만, 자신과는 다르다는 것일 알 수 있었다.

'무엇보다 에너지에 자신의 의지를 온전히 싣고 있다.'

유물에 잠재된 의지에 잠식된 것이 아니라 온전히 자신의 의지를 이용해 에너지를 조종할 수 있다는 사실에 경악하지 않을 수 없었다.

자신은 유물이 가진 의지로 인해서 담겨 있는 힘을 전부 사용할 수가 없다.

그것은 유물로 인해 각성한 다른 진성 각성자도 마찬가지였다.

대변혁 이후 변해 버린 인과율에는 절대 있을 수 없는 일이었기 때문이었다.

"너와는 달라서 놀랐나 보군."

"너는 누구냐?"

"후후후, 나를 모르는가? 흑사단주이자 대륙천안의 속한 장로원의 막내 장로를 말이야."

가소로운 듯 웃고 있는 장천의 눈을 보며 최종학은 소름이 끼쳤다.

'으음, 내가 파악했던 장천이 절대 아니다.'

지금까지 알고 있던 장천과는 다른 존재감이 느껴졌다.

마치 자신의 의식을 장악하려하는 유물에 담긴 의지와 비슷한 느낌이었다.

"아무리 대륙천안이라도 네게 있는 그런 능력은 절대 가질 수 없는 것이다. 너는 도대체 누구냐?"

"후후후후, 궁금한 것을 풀어주고 싶은데, 그럴 수 없는 것이 아쉽군. 어차피 지워질 존재이기도 하고 말이야."

'역시!'

자신이 알지 못하는 비밀이 더 있음을 확인한 최종학의 표정이 달라졌다.

'어쩔 수 없나? 시간만 조금 더 있었어도……'

원소계 중에서도 특이하게 뇌전의 능력을 각성한 최종학은 지금까지 자신의 힘을 숨기고 있었다.

전력을 다할 경우 자신의 의식을 잠식하는 존재에게 잡아먹힐 것 같은 두려움 때문이었다.

극의를 얻은 후라 수련을 통해 수습을 한다면 자신의 의지대로 모든 힘을 사용할 수 있었을 텐데, 그러지 못하는 것이 너무도 아쉬웠다.

'어쩔 수 없다. 내 힘을 다 끌어내도 힘든 상대지만, 여기서 결판을 내야 한다.'

자신을 공격한 힘을 보거나 자신만만한 장천의 표정을 봤을 때 힘을 숨기고 상대할 수 있는 자가 아니었기에 최종학은 결심을 굳혔다.

지—이잉!

파치치치치치치치!!

최종학의 양손에 빛의 검이 생겨났다.

당장이라도 뛰쳐나올 것 같은 백색의 뇌전이 검신을 타고 흐르며 존재감을 과시했다.

파파팟!

파—촷!

공간을 건너뛰듯 움직인 최종학의 손길을 따라 두 개의 광검이 공간을 갈랐다.

공격이 성공했다는 것을 확인하지 않았음에도 최종학의 광검이 연이어 잔상을 퍼트리며 장천을 향해 쇄도해 들었다.

장천의 신형의 빛에 휩싸였다.

하늘에서 떨어져 내리던 번개와는 달리 수만 번의 검격이 광검을 통해 그에게 뻗어 나갔기 때문이었다.

콰콰콰콰콰쾅!!!

거대한 폭발음과 함께 해수욕장의 백사장을 이루는 모래들이 튀어 오르며 달아올라 타들어갔다.

달아올랐던 빛과 열기가 한순간에 가라앉고, 시커멓게 타버린 인영이 비틀거리며 나타났다.

"크으! 이것이 뇌신의 힘인가?"

이번에는 전부 막지 못했는지 옷은 전부 타버리고 전신에 자잘한 상처를 입은 장천은 최종학을 바라보며 말했다.

장천을 바라보는 최종학의 표정이 좋지 못했다.

무리하게 힘을 운용한 탓에 안색은 백지보다 창백했고, 입가로는 핏줄기가 흐르고 있었다.

"크크크, 뇌신의 힘을 얻고도 고작 이 정도뿐이라니, 실망이로군."

"아직 끝나지 않았다."

최종학은 이번에 자신이 가진 모든 것을 걸기로 했다.

'모든 것을 다 쏟는다.'

자신의 생명력까지 끌어 올린 최종학은 양손에 잡고 있는 빛의 검을 하나로 모았다.

자신이 가지고 있는 에너지로 빛의 검을 확장시키지 못하자 최종학은 자신의 생명력을 더했다.

<u>스르르르!</u>

서로의 몸을 꼬듯 하나로 합쳐진 빛의 검이 점점 커지기 시작했다.

그럴수록 안색은 더욱 창백해져 갔고, 입으로는 선혈을 울컥울컥 쏟아 냈다.

우우우웅!

번쩍!

지금까지 나타난 것과는 비교할 수조차 없는 거대한 번개가 일직선으로 튀어 나갔다.

빛보다 빠른 것은 없다고 했지만, 짓쳐나가는 광선을 막는 것이 있었다.

어느새 푸른 기운이 맺힌 장천의 왼손이었다.

막는 것이 쉽지 않은 듯 장천의 손이 조금씩 부서지며 사라져 가고 있었다.

"크으."

신음과 동시에 장천의 오른손에서는 에너지를 형상화시킨 푸른빛의 뱀이 나타났다.

퓨—숑!

장천의 손짓을 따라 독아를 드러낸 청사가 하늘로 날아올랐다.

푸욱!

시리도록 푸른 독니가 꽂힌 곳은 최종학의 심장이었다.

"커어억!"

장천의 손 하나를 앗아가는 대신 자신의 심장을 바친 최종학이 비틀거리며 뒤로 물러났다.

힘이 다한 듯 그의 손에 들려 있던 거대한 광검은 어느새 사라지고 없었다.

사람들의 기억에서 사라진 고대의 신화의 힘을 이어받은 최종학의 몸이 옆으로 쓰러지고 있었다.

털썩!!

"형!"

바다에 들어선 후 덕적도로 가는 동안 내내 심안을 사용했다. 스페이스 덕분에 융합된 아르고스를 통해 최종학이 당한 것이 느껴졌기에 형을 불렀다.

"서둘러야 할 것 같아."

"알았다."

형이 보트의 속도를 높이는 가운데 스페이스를 통해 몇 개의 마법진을 만들어 덕적도로 날렸다.

방어와 가호의 힘을 가진 터라 그리 긴 시간은 아니지만, 우리가 도착할 동안 최종학을 지킬 수 있을 정도는 되었다.

'절대 일반적인 진성 능력자는 아니다.'

방금 전에 느꼈던 기운은 절대 일반 진성 각성자의 것이 아니었다.

적어도 초월자에 근접한 자의 기운이었다.

'유물이 가진 에너지로 초월에 가까운 힘을 내다니, 믿지 못할 일이다.

최종학도 그렇고, 치명적인 일격을 가한 장천도 초월자에 근접한 에너지를 사용하다니 놀랄 수밖에 없었다.

초월에 가깝다면 이미 유물의 의지에 잠식당해야 정상이었지만, 그런 것이 전혀 느껴지지 않았기 때문이다.

'이 정도면 유물이 가진 의지를 완벽하게 제어할 수 있다는 뜻인데…….'

유물의 의지가 깨어났어도 제어할 수 있다면 상황이 많이 달라진다.

지금까지 유물을 얻고도 의식의 잠식을 이유로 사용하지 않던 이들이지만, 의지를 제어했다면 차원이 다른 힘을 사용할 수 있기 때문이다.

'젠장, 빨리 도착해야 하는데…….'

상황을 파악하기 위해 빨리 가야했기에 최고 속도로 가고 있는데도 마음이 급하다.

'거리가 너무 떨어져 있어 스페이스가 힘들어하는 것을 보니 도와야겠다.'

최종학에게 방어와 가호의 능력을 사용하는 것이 힘이 드는지, 스페이스와의 교감이 불안정하다.

전투 슈트를 불러온 후 통합된 의식을 이용해 스페이스에게 의지를 더욱 실었다.

'쩌—엉!'

뇌리로 강력한 충격파가 전해졌다.

머리가 어지럽고 속이 울렁거렸다. 스페이스도 충격을 받았는지 교감이 더 흔들린다.

'버텨야 한다.'

최종학에게 알아낼 것이 많기에 어떻게 해서든지 버텨야 했다.

'으음, 이대로는 한계가 있다. 놈도 상처를 입은 것 같으니 시선을 돌리자.'

한 손에 에너지를 실어 상공을 날고 있는 헬리콥터에 보냈다.

장천의 경우, 국정원을 의식해서인지 지금까지 최대한 조심스럽게 움직이는 행태를 보였다.

헬리콥터에 타고 있는 능력자가 우리에 대해 장천에게 연락을 했을 테니, 부상을 당한 상태라면 섬을 떠날 확률이 높았기 때문이다.

헬리콥터의 동체가 비틀거리며 흔들리더니 자세를 잡느라 선회를 하다가 멈춰 선다.

'됐다.'

기수가 이쪽을 바라보고 있는 것을 보니 헬리콥터에 타고 있는 자가 우리를 발견한 것이 분명하다.

아니나 다를까, 잠시 후에 헬리콥터가 천천히 섬을 향해 하강을 시작했다.

장천을 태운 것인지 얼마 지나지 않아 다시 상승해 선회를 한 후 남쪽으로 기수를 틀어 날아가기 시작했다.

'후우, 몸을 사리는 놈이라 다행이다. 우리가 국정원에서 나온 이들이 아니었다면 이대로 물러나지는 않았겠지.'

운 좋게도 장천을 속일 수 있었다.

그렇지 않았다면 오늘 많은 것을 잃었을지도 모르기에 정말 다행이었다.

"크으, 자칫 당할 뻔했다. 뇌신을 제거하는 것치고는 싼 대가를 치른 건가?"

왼손의 팔꿈치 밑까지 사라져 버린 장천이 고통을 참아내며 최종학을 바라보았다.

"후우, 이제 전리품을 챙길 차례로군."

패배한 자의 모든 것은 승리자의 몫이었기에 장천이 쓰러진 최종학을 향해 발걸음을 옮겼다.

<u>스르르르르</u>

장천이 한 걸음을 떼기 무섭게 변화가 생겼다.

백사장의 모래들이 빠르게 모이더니 쓰러진 최종학의 몸을 덮더니 그대로 굳어졌다.

'어떤 놈이지?'

마치 녹아서 굳어진 것처럼 반질거리는 표면을 보며 장천의 표정이 굳어졌다.

일반적인 능력이 절대 아니었기 때문이었다.

푸—슝!

티—이잉!

장천이 만약을 대비해 남겨두었던 왼손을 휘감고 있던 푸른 뱀이 날아올라 반질거리는 모래의 표면을 강타했지만 뚫지 못하고 튕겨져 나왔다.

'최종학에 못지않은 능력자가 펼친 것이다.'

주변에서 기척이 느껴지지 않았기에 원거리에서 능력을 발휘한 것을 깨달은 장천은 급히 뒤로 물러났다.

때마침 물러났던 헬리콥터에서 무전이 들려왔다.

— 동쪽 5킬로미터 해상에서 모터보트가 고속으로 접근하고 있습니다.

"누가 타고 있나?"

— 나승호도 보이고, 파악되지 않았던 자들이 둘이나 타고 있습니다. 으음, 그중 한 명이 전투 슈트를 착용했습니다. 아공간에 보관되었다가 그대로 몸에 장착되는 것을 보면 아무래도 국정원에서 나온 자들 같습니다, 단장님.

"얼마쯤이면 놈들이 도착할 것 같나?"

─ 한 놈이 보트 앞으로 가는 것을 보면 곧바로 이동을 할 것 같아 보입니다. 얼마 걸리지 않을 것 같습니다.

"으음, 보트에서 곧바로 이곳으로 이동할 생각이로군. 아쉽게 됐지만 할 수 없군. '

국정원 요원으로 보이는 자들이 펼친 것이 분명해 보이는 배리어의 수준은 아주 높은 것이었다.

최종학이 가지고 있는 유물을 얻고 싶었지만, 덮고 있는 배리어를 깰 수 있을지 장담할 수 없는 상황이다.

더군다나 최종학에게 가려져 있었지만 나승호의 실력은 절대 얕볼 수 없는 것이었다.

이대로 위험을 감수하기 보다는 피하는 것이 나아보였다.

'최종학은 생명력까지 끌어내 나와 싸웠으니 얼마 가지 못할 것이다. 굳이 필요한 것도 아니니……'

왼손이 사라지고 내상마저 깊게 입은 터라 승산이 없다고 생각한 장천은 곧바로 철수를 결정했다.

"떠나야겠다. 헬리콥터를 내려라."

─ 바로 착륙하겠습니다.

지시가 떨어지자 헬리콥터가 엉망으로 변해 버린 백사장에 착륙을 했다.

장천이 올라타자 곧바로 상승한 헬리콥터는 제자리에서 선회를 한 후 빠르게 덕적도를 떠나 남쪽으로 향했다.

부아아아아앙!

장천이 떠나고 얼마 후 요란한 굉음과 함께 모터보트가 백사장에 도착했다.

모터보트를 타고 오며 덕적도에서 이는 뇌전과 거대한 빛의 파장을 보았던 나승호는 백사장에서 미친 듯이 최종학을 찾았다.

"혀, 형님!!"

백사장 안쪽에 쓰러져 있는 최종학을 발견한 나승호는 전력을 다해 달리기 시작했다.

방금 전까지 장천의 공격을 막아섰던 특이한 배리어는 이미 사라지고 없었다.

제 7 장

심장이 부서진 상태라 최종학의 상태가 심각했기에 스페이스의 도움을 받아야 할 것 같다.

　— 상태가 어때?

　— 마법진을 펼친 것이 너무 원거리라서 대상자를 완벽하게 보호할 수는 없었습니다, 마스터. 부서진 심장을 간신히 유지하고 있을 뿐입니다.

　— 간신히 숨만 붙여놓은 건가?

　— 최대한 빨리 치료를 해야 할 것 같습니다.

　체력과 에너지가 방전되어 버리고, 장천의 공격으로 심장이 부서지는 상처를 입은 터라 바이탈이 좋지 못한 상태였기에 곧바로 최종학에게 다가가 살펴봤다.

'유물의 힘만으로는 발휘하기 힘든 능력이었는데, 역시나 자신의 생명력까지 전부 끌어다 썼군. 나승호와 약속한 것이 있는데 살릴 수 있을지 모르겠다.'

나승호와의 약속이 아니더라도 최종학은 살려야 할 자다.

의지가 깨어났는데도 불구하고 억제를 했다면 초월자로 성장할 가능성이 있으니 말이다.

— 마스터, 앞으로 몇 분 버티지 못할 것 같아 보입니다. 빨리 손을 써야합니다.

— 알았어.

스페이스가 최종학의 생명을 유지하기 위해 안간힘을 쓰고 있는 터라 최대한 빨리 치료를 하는 것이 좋을 것 같다.

"살리고 싶다면 물러나라."

"뭐든지 할 테니 회장님을 꼭 살려다오, 크흑."

쓰러진 최종학을 살피고 있는 나승호가 눈물이 흘리며 뒤로 물러났다.

스페이스가 생명을 붙잡고 있을 수 있는 시간은 30분도 채 되지 않을 것 같기에 최종학에게 다가가 그의 심장에 에너지를 불어 넣었다.

"컥!"

심장에 직접 에너지를 주입해 형태를 고정시키자 숨이 트인 모양이다.

이미 생명이 끊어진 것이나 다름없지만, 스페이스와 내가 그의 심장과 의식을 붙들고 있는 동안은 보통 사람과 다를 바 없는 상태를 유지할 것이다.

— 스페이스, 에너지 스톤이 가진 에너지로 이자의 생명력을 대체할 수 있나?

— 심장 상태가 이러니 그건 어려울 것 같습니다.

— 심장을 다른 것으로 대체하는 방안은?

— 마스터의 스승님으로부터 얻은 것이라면 가능할지도 모르겠습니다.

— 스승님이 전해 주신 유물을 이용해 이자의 생명력을 복제해 심장에 불어넣자는 거야?

— 에너지 스톤에 담긴 에너지를 유물을 이용해 최종학이 가지고 있는 생명력으로 전환시킬 수가 있을 것 같습니다. 변환될 가능성은 반반이지만, 마스터라면 성공하실 수 있을 겁니다.

— 반이나 된다고 하니 시도를 해봐야겠군.

스페이스의 인동에 따라 아공간에 보유하고 있는 에너지 스톤에 담겨 있는 에너지들을 스승님이 남기신 유물로 끌어들였다.

그리고 최종학의 내부에 얼마 남지 않은 생명력도 유물로 끌어들였다.

생명력을 끌어들이며 의식을 따라 흐르는 기묘한 경로를 느껴진다.

'으음, 최종학이 본 문의 것과 비슷한 유형의 심공을 익히고 있었던 모양이군.'

세상에는 다양한 종류의 심공이 있지만 이렇게 비슷한 경로를 따르는 것을 보면 본 문에서 분리된 방계일 수도 있기에 마음이 급해졌다.

에너지 스톤에 담긴 에너지를 최종학의 생명력으로 변환시키는 데 엄청난 양이 필요했다.

마나석은 물론, 마정석과 정령석 등 내가 가지고 있는 에너지 스톤은 종류별로 다 필요했고, 수량도 각각 1만 개가 넘을 정도로 많은 양이었다.

에너지를 최종학의 생명력으로 변환해 심장으로 주입해 봤지만 상태가 호전되지 않는다.

— 으음, 스페이스. 에너지를 생명력으로 변환시키는 것만으로는 고착이 되지 않는다. 본래의 이자의 것이 아니라서 그런 건가?

— 그런 것도 있지만 장천이라는 자의 공격으로 심장이 부서지면서 남겨진 에너지 때문인 것 같습니다, 마스터.

— 으음, 이대로는 곤란한데, 뭔가 방법이 없을까?

— 전투 슈트를 한번 써보십시오.

─ 전투 슈트?

─ 마스터의 경우처럼 전투 슈트의 마나 엔진을 심장과 연동해 고정시키고 융합할 수 있다면 에너지도 전부 융합되어 심장이 회복할지도 모릅니다.

─ 후우, 지금으로서는 그 방법밖에는 없겠군.

일반적인 슈트로는 불가능한 일이지만, 아버지가 남기신 전투 슈트라면 가능한 일이다.

더군다나 본 문의 심공과 비슷한 경로의 심공을 익히고 있는 것 같으니 같은 경로로 마나 엔진을 새기고 심장과 연동해 고착을 시킨다면 방해하고 있는 장천의 에너지도 전부 융합되어 회복이 될지도 모른다.

─ 아무래도 그래야 할 것 같아. 준비해 줘, 스페이스.

─ 예, 마스터.

차르르르르!

아공간에서 빼낸 전투 슈트가 최종학의 몸에 입혀지기 시작했다.

완전히 장착이 된 다음 최종학에게서 찾아낸 심공의 경로를 스페이스에게 전해 마나 엔진을 새기도록 했다.

─ 마나 엔진이 생성되었습니다, 마스터.

─ 내가 심장으로 유도해 융합시킬 테니까 너는 주변을 경계해 줘.

─ 예, 마스터.

통합 의식을 이용해 다른 이의 의식과 신체에 간섭을 하는 일이라 스페이스에게 호법을 부탁한 후 정신을 집중했다.

'상당한 깨달음이로군. 완벽하게 수습을 했다면 이 정도까지는 가지 않았을 텐데, 장천을 만나기 직전에 깨달음을 얻은 모양이다.'

세밀하게 살펴보니 익히고 있는 심공의 극의를 깨닫고도 시간이 없어 자신의 것으로 만들지 못했던 것이 분명하다.

'내가 이곳에 오기 직전에 지구 대차원과 연결된 차원들이 가진 근원의 에너지를 얻은 것이 이자에게는 천운이로군. 익히고 있는 심공을 자극할 수 있는 것은 그것밖에는 없으니 말이다.'

근원의 에너지들을 마나 엔진에 주입을 했다.

자연에 산재한 것이나 마찬가지라서 그런 것인지 전투 슈트에 각인된 마나 엔진이 반응을 하며 움직이기 시작했다.

마나 엔진이 근원의 에너지들을 융합하기 시작하자 장천의 공격으로 남은 에너지도 융합이 되고 있었다.

마나 엔진에서 융합된 에너지가 최종학의 고착이 되면서 기심장을 복구하기 시작했다.

심장이 완전히 되살아나자 에너지를 완전히 빨아들인 후에 얼마 지나지 않아 마나 엔진과 심장의 연동이 완벽해졌다.

복구된 심장이 펌프처럼 에너지를 신체 곳곳으로 보내면서 생명력이 차오르기 시작했다.

─ 신체가 안정되기 시작했습니다, 마스터.

─ 유물에 담긴 의지는 어떻게 됐지?

─ 마나 엔진이 돌기시작하면서 분쇄되더니 생명력과 함께 최종학의 의식으로 흡수되고 있습니다만, 존재의 의미를 간직한 에너지도 일부 남아 있고, 장천의 공격으로 심어진 에너지도 일부 남아 있습니다.

아르고스의 눈이 융합된 심안으로 살펴보니 그의 심장 안에 두 개의 에너지가 모습을 숨긴 채 남아 있는 것을 확인할 수 있었다.

그래도 융합된 최종학의 생명력에 눌려 활성화되지 못하고 있는 것을 보니, 위험해 보이지는 않았다.

─ 그래도 급한 불은 잡은 건가?

─ 응급 상황은 끝났지만, 안정을 찾기까지는 시간이 걸릴 것 같습니다. 그리고 남아 있는 것들은 별도로 취해야 할 겁니다, 마스터.

─ 알았어. 그래도 일단은 다행이군. 나승호와의 약속을 지킬 수 있었으니 말이야.

이제 스스로 맡겨놔도 되기에 손을 뗐다.

─ 남아 있는 것들은 어떻게 하실 생각입니까? 그걸 지워야

완전해질 텐데 말입니다.

— 일단 안정이 된 후에 회수를 해야겠지.

— 그렇게 알고 준비하도록 하겠습니다.

'그나저나 나 혼자서는 불가능한 일이었다.'

스페이스가 없었다면 수습이 불가능했을 상황이었다.

최종학으로부터 얻어야 할 정보도 많은데, 정말 다행스러운 일이 아닐 수 없었기에 무척이나 고마웠다.

— 고생했어, 스페이스.

— 아닙니다, 마스터.

스페이스와 대화를 끝내자 나승호가 옆으로 다가왔다.

"어, 어떻게 됐나?"

"위기는 넘긴 것 같다. 이제 옮겨도 된다."

"회장님의 별장이 근처에 있으니 그리고 가자."

"그러지."

나승호가 최종학을 안아들고 앞장을 섰다.

— 성찬아, 정말 괜찮은 거냐?

— 위기는 넘겼어.

— 그런데 전투 슈트는 왜 착용시킨 거냐?

본 문 사람만 준다는 말을 기억하고 있었는지 형이 묻는다.

— 아무래도 최종학이 저 사람이 본 문과 관련이 있는 것 같아서 말이야.

— 본 문하고 관련이 있다고?

— 그래, 형. 본 문의 것과 유사한 심공을 익히고 있었어.

— 으음, 어찌된 일인지 알아봐야겠구나.

— 깨어나면 알 수 있을 거야.

조심스럽게 움직인 탓인지 최종학의 별장에 도착하기까지는 30분이 넘게 걸렸다.

별장지기로 보이는 부부가 두려운 눈으로 별장 앞에서 서성이다가 나승호를 보더니 부리나케 달려온다.

"부회장님!"

"회장님께서 조금 아프십니다."

"많이 아프신 겁니까?"

"이제 괜찮으시니 걱정하지 않으셔도 됩니다."

"다행입니다, 부회장님."

"지금부터 제가 옆에 있을 테니, 집으로 돌아가셔도 됩니다. 저는 이만."

"알겠습니다."

별장지기의 대답을 들으며 나승호가 안으로 들어갔고, 우리도 따라 안으로 들어갔다.

나승호는 별장 안으로 들어가 최종학을 침실에 뉘였다.

"으음."

"혀, 형님!"

"으으, 승호냐?"

"이게 어떻게 된 일입니까?"

"장천, 그자가 왔었다."

"그 새끼가요?"

"그래."

"내 이 자식을!!"

능력을 잃었다는 것을 알면서도 당장이라도 장천을 요절내려는 듯 나승호가 살기를 흘렸다.

"승호야, 시간이 없다."

"형님!"

"이 사람들은 누구냐?"

"형님이 유물에 정신이 잠식되는 것을 막기 위해 의뢰를 했습니다."

"해결사라는 말이냐?"

"그렇습니다. 그리고 저는 이분들 때문에 유물에서 해방이 됐습니다."

"많이 걱정 했는데 정말 다행이다. 내가 떠나기 전에 네 족쇄를 끊을 수 있어서 마음이 놓이는구나."

"형님, 떠나시다니요?"

"장천의 공격으로 심장이 완전히 부서졌다. 세상에 있을 시간이 멀지 않았다."

"어, 어떻게 된 거요? 치료가 끝났다고 하지 않았소!"

나승호의 거친 음성에 최종학이 나를 바라본다.

"후후후, 심장은 이미 복구되었고, 앞으로 유물의 의지에 잠식당할 일은 없을 테니 그렇게 엄살을 떨지 않아도 될 겁니다."

"그, 그게 무슨……. 아!!"

최종학이 자신의 상태를 알아차린 모양이었다.

"당신이 날 구한 것이오?"

"그렇소."

죽은 것이나 마찬가지였던 터라 최종학이 묘한 눈으로 나를 바라본다.

"보통 사람은 아닌 것 같은데, 어떻게 된 것이오?"

"그것보다 혹시 송지암을 알고 계십니까?"

사정을 설명해주는 것은 나중에 해도 되는 일이라 송지암을 알고 있는지 물었다.

최종학이 스승님과 관련이 있는 것 같아서다.

"아!!"

"지명스님의 의발을 이은 윤성찬이라고 합니다."

"지명스님으로부터 심공 하나를 배울 수 있었습니다."

"그렇군요."

나에게 존대를 하는 것을 보면 역시 스승님과 인연이 있었던 것이 분명하다.

"그런데 어떻게 된 겁니까?"

"그러니까……."

의뢰를 받고 게이트를 조사한 것과 나승호를 제압한 일, 그리고 유물을 회수한 것을 비롯해 여기까지 온 사정을 모두 설명해주었다.

"으음, 그렇군요. 승호야, 잠시 자리를 비켜주겠느냐?"

"형님!"

"이분들과 할 이야기가 있으니 자리를 좀 비켜주어라."

"알겠습니다."

나승호가 최종학의 재촉에 침실에서 나갔다.

"죄송합니다만, 지명스님의 의발을 이으신 분만 들으셔야 되는 터라……."

"말씀 나누세요."

최종학의 말에 형도 침실을 나섰다.

"언젠가 오실 줄 알았습니다. 삼환문의 장문인이시지요?"

"그렇습니다. 나에 대해 알고 있었군요."

"예, 지명스님께 말씀을 들었습니다. 자신의 의발을 이은이가 삼환문의 장문이 될 것이라고 말입니다. 그리고 나중에 절 찾을 것이라는 말도 들었고 말입니다."

"저에게 존대를 하는 이유는 뭡니까?"

"지명스님께서 말씀하시기를 장문인을 만나면 저를 문하로 들여줄 것이라고 하셨습니다."

"역시 그랬군요."

특별한 심공을 익히고 있는 것을 느끼면서 혹시나 했었는데, 역시나 스승님께서 뿌린 인연을 이은 자였다.

스승님께서 그리 말씀하셨다면 반드시 삼환문의 문하로 들여야 할 자다.

"그리고 지명스님께서 저에게 부탁하신 것이 있습니다."

"스승님께서요?"

"전에 서울로 올라오셨을 때 지명스님께서 습격을 받으신 적이 있었습니다. 습격한 자들을 조사해 달라 말씀하셨습니다. 지명스님께서는 나중에 장문인이 저를 찾아오게 되면 조사한 것을 알려드리라고 말입니다."

스승님께서 살아계실 때 서울로 올라온 것은 딱 두 번이었다.

한 번은 아버지와 큰아버지에게 사고가 있었을 형과 나를 데리고 올라온 것이었고, 다른 한 번은 그 뒤로 송지암에 돌아간 후 얼마 지나지 않았을 때였다.

서울에 뭔가 알아볼 것이 있다고 하시고 가셨다가 돌아오셨을 때부터 스승님의 건강이 무척이나 나빠졌는데, 습격을 당한 것 때문이었나 보다.

내상을 입으신 탓에 스승님이 유물의 의지를 급격히 침식당한 것도 그때부터였다.

몇 번 여쭈어봤지만 때가 되면 알게 될 것이라며 묻지 못하도록 했는데, 아마도 최종학에게 부탁을 했었나 보다.

"누가 스승님을 습격한 겁니까?"

"당시에 지명스님을 습격한 자들을 모두 세 부류였습니다. 하나는 조금 전까지 이곳에 있었던 장천이 이끄는 흑사단이었고, 다른 하나는 일본의 대본영, 그리고 마지막으로는 미국 쪽의 인물들이었습니다. 정확히 어느 조직이 개입을 했는지 알아낼 수는 없었습니다. 이것도 얼마 전에야 알게 된 것입니다."

"그렇군요."

스승님께서 최종학에게 나중에 내가 찾아오면 알려주라고 하신 이유를 알 수 있을 것 같다.

아마도 스승님을 습격한 자들에 대해 내가 알게 되면 위험해질지도 모른다고 생각하셨던 것 같다.

"알려줘서 고맙습니다."

"아닙니다. 그다지 알아낸 것도 없으니 말입니다."

"그런 자들이라면 알아내는 것이 어려웠을 겁니다. 그것만 해도 충분합니다."

"감사합니다."

스승님에 관한 것은 이제부터 알아보면 된다. 2차 각성을 한 이후에나 해결을 할 수 있을 테니, 이제는 다른 것을 알아볼 차례다.

"그나저나 가지고 계신 유물은 어떤 종류입니까?"

"왜, 그러시는 겁니까?"

"연결을 끊기 위해서 그럽니다."

"유물의 의지도 제압을 하신 것 같은데, 그렇게 할 필요가 있겠습니까?

"그렇지가 않습니다. 의지가 분쇄되어 의식에 흡수가 되었지만 그리 쉽게 없어지는 것이 아닙니다. 존재의 의미가 아직 남아 있으니 언젠가는 다시 유물의 의지가 나타날 수 있으니 말입니다."

"그러면 어떻게 되는 겁니까?"

"전과는 다를 겁니다. 유물은 자신이 가진 존재의 의미를 확장시키려 할 겁니다. 임계점을 넘으면 의식 동화가 일어나게 되고, 그렇게 당신의 의식 자체가 어느 순간 유물의 의지로 변할 겁니다. 그러면 당신은 완전히 다른 존재로 변해 버릴 겁니다."

"제가 유물의 꼭두각시가 되는 겁니까?"

"그렇습니다. 인간에 대한 연민이 없는 존재가 탄생하게 되는 겁니다."

"방법이 없는 겁니까?"

"가지고 계신 유물과의 관계를 완전히 단절시켜야 합니다. 계속 가지고 있으면 방법이 없습니다."

"제 의식을 잠식할 때부터 두려움을 느꼈는데, 역시 그렇군

요. 승호가 얻은 유물과 연결을 끊으신 것 같으니 말씀을 드리
도록 하겠습니다. 제가 얻은 것은 뇌신의 힘이 담긴 유물입니
다. 형태는 열 개의 반지들입니다."

"그렇군요."

"저와 유물의 연결을 끊어내는 것이 어렵습니까?"

"당신이 살아 있을 때 해야 해서 그렇지, 그다지 어려운 일은
아닙니다. 의지를 없앤 터라 존재의 의미만 남아 있으니 말입니
다."

"제가 죽으면 어려운 건가요?"

"유물 자체가 오롯이 한 존재로 태어나게 되는 것이기에 불
가능하다고 봐야 할 겁니다."

"유물과의 관계를 끊는 데는 시간이 얼마나 걸립니까?"

"길어야 이십 분 정도일 겁니다."

"그럼 저에게 잠깐만 시간을 주실 수 있겠습니까?"

"시간이요?"

"유물과의 관계를 끊고 나면 능력이 사라질 테니 승호에게
남길 것이 있어서 그렇습니다."

나승호에게 뭔가를 전하기 위해 시간이 필요한 모양인지 능
력이 사라지는 것에 대해서는 아쉬움이 없는 모양이다.

"그러십시오."

"승호야! 안으로 좀 들어와라."

최종학의 말에 나승호가 침실로 들어왔다.

"형님."

"그래. 너에게 전할 것이 있어 불렀다."

"저에게요?"

"앞으로 나는 능력을 사용할 수 없을 거다. 능력이 사라지기 전에 너에게 전해주고 싶은 것이 있어서 말이다."

"형님. 능력을 사용하실 수 없다니요?"

"유물을 계속가지고 있으면 나란 존재는 사라지고, 세상에 민폐를 끼치게 되니 어쩔 수 없는 일이다."

"그럼······."

"그래, 나도 너처럼 저분이 나와 유물의 연결을 끊어줄 것이다."

"그렇군요."

"승호야, 나와 같이 지하실에 가자."

"지하실에요?"

"널 위해 남겨둔 것들이 있다. 본래는 내가 죽은 다음에 너에게 전해질 것이지만, 지금 전해주는 것이 나을 것 같아서 주려고 한다. 아직 능력을 사용할 수 있으니 유물을 잃어버린 너에게 큰 힘이 될 수 있을 거다."

"혀, 형님. 그건 형님이 사용하세요."

"승호야, 이제는 나도 좀 쉬고 싶다. 네가 저분과 함께 세상을 지켜다오."

"혀, 형님."

"하하하! 나 때문에 고생해 온 너를 위해 이 형이 선물하는 것이니, 그렇게 부담을 갖지 않아도 된다. 오히려 큰 짐을 맡기는 것이니 원망하지 않았으면 한다."

말을 마친 최종학이 나승호의 손을 잡으며 부탁을 했다.

"알겠습니다, 형님."

최종학은 자신이 준비한 것과 함께 가지고 있는 에너지를 나승호에게 넘기려고 하는 것 같았다.

'이 정도면 시험은 해보지 않아도 되겠군.'

최종학이 오해하고 있는 부분이 있지만, 그냥 둔 것은 본 문의 제자로 거두어들여도 되는지 알아보기 위해서다.

두 사람 다 능력에 대해 욕심이 없는 것 같으니 본 문의 제자로 받아들여도 될 것 같다.

"나승호 씨를 위해 준비하신 것들은 나중에 전해도 될 겁니다."

"예? 그게 무슨 말씀입니까?"

최종학이 놀란 눈으로 나를 바라보며 묻는다.

"제가 유물을 회수해도 가지고 있는 능력이 사라지지 않을 거라는 말입니다."

"그, 그게 사실입니까?"

"사실입니다. 하지만 본 문의 제자로 들어와야 하는데, 어떻게 생각하십니까?"

"제가 인연이 닿아 지명스님께 삼환문의 것을 전수받았지만, 어찌 저 같은 것이……."

"하하하! 장문인으로서 제가 허락하는 일입니다. 두 분 다 본 문의 제자로 받아들이고 싶습니다."

"감사합니다. 승호야, 너도 감사 인사를 드리도록 해라."

"가, 감사합니다."

아무것도 모르면서 감사 인사를 하는 것을 보니 나승호가 최종학을 얼마나 믿고 의지하는지 알 수 있을 것 같다.

"그럼 일단 유물을 회수하겠습니다. 허탈감이 있겠지만, 괜찮으니 염려하지 않아도 될 겁니다."

"그러십시오."

"이제는 움직이실 수 있을 테니 자리에서 일어나 가부좌를 틀고 심공을 운용하십시오."

"알겠습니다."

최종학은 침대에서 일어나 바닥에 앉아 가부좌를 틀었다.

"제가 어떤 행동을 하더라도 심공을 계속 운용하시면 됩니다."

"예."

심공을 운용하는 최종학의 머리에 손을 얹고 유물이 가진 존재의 의미를 그의 의식에서 분리시켰다.

다음에는 최종학 심장 부근에 손을 얹었다.

'횡재를 했군.'

유물이 가진 뇌의 기운에다가 장천이 심은 수의 기운까지 얻을 수 있는 기회였기에 정말 행운이 아닐 수 없었다.

'그렇지만 조심해야 한다. 자칫 일을 그르칠 수 있으니.'

조심스럽게 두 에너지를 최종학의 심장에서 분리했다.

완전히 짓눌린 탓에 유물이 가진 존재의 의미를 담은 에너지와 장천이라는 놈이 남긴 에너지를 심장에서 빠르게 뽑아낼 수 있었다.

'이제 스킨 패널로 끌어내면 된다.'

백색의 에너지와 푸른색의 에너지는 내가 인도하는 대로 움직여 나갔다.

어깨를 지나 팔을 지나친 두 에너지는 마침내 최종학의 손등에 있는 패널을 통해 몸 밖으로 흘러나오더니 천천히 회전을 시작하며 뭉쳐지기 시작했다.

백색과 푸른색의 광채를 발하는 구슬들이 완전히 만들어지기까지는 시간이 얼마 걸리지 않았다.

두 구슬을 잡아 주머니에 집어넣었다.

"어떠십니까?"

"하아, 고맙습니다. 이제야 온전한 나로 돌아온 것 같습니다."

"괜찮으시다니 다행입니다."

유물의 의지가 분쇄되었던 터라 아주 간단한 일이었다.

존재의 의미가 사라지자 최종학의 손에 끼워져 있는 반지들을 볼 수 있었다.

"이제 반지들을 빼내면 유물과 완전히 단절될 겁니다."

"알겠습니다."

최종학은 곧바로 반지를 빼내더니 나에게 건넸다.

"유물과의 관계를 완전히 단절시켰으니 이제 입문식을 하도록 하겠습니다. 본래는 송지암에서 해야 하지만 상황이 이런 만큼 약식으로 진행하는 겁니다."

"알겠습니다."

"형! 안으로 들어와."

입문식을 하기 위해서 형을 불렀다.

"무슨 일이냐?"

"두 사람을 본 문의 제자로 받아들이려고 해."

"알았다."

차르르르르!

형이 두 사람 뒤에 호법처럼 자리한 후에 아공간에서 전튜 슈트를 꺼냈다.

"으음."

"음."

갑자기 눈앞에 나타난 전투 슈트를 보더니, 둘 다 신음을 흘리며 놀라움을 감추지 않았다.

"본 문의 제자들이 입는 전투 슈트입니다. 나승호 씨가 입으면 됩니다. 손을 가져다 대면 자동으로 착용될 겁니다."

"알겠습니다."

최종학을 치료하면서 이미 본 적이 있는 터라 나승호는 주저 없이 전투 슈트에 손을 가져다 대었다.

스르르르!

전투 슈트가 나승호의 손을 아주 빠르게 타고 오르며 몸을 덮기 시작했다.

"착용이 끝났으니 나승호 씨도 가부좌를 틀고 앉으세요."

"예."

"이번에는 제가 두 분의 의식에 각인을 할 겁니다. 본 문의 제자로 들어오면 반드시 해야 하는 것이니, 마음을 풀고 있는 그대로 받아들이면 됩니다."

"알겠습니다."

"예."

대답을 듣고 두 사람의 머리에 손을 얹었다.

본 문에 들어오면 지켜야 할 규칙과 사명을 전한 후, 스페이스의 도움을 받아 전투 슈트의 에고를 각자의 의식에 각인시켰다.

"이제부터 본 문의 제자가 되었으니 말을 놓겠다. 최종학은 본 문의 일대 제자가 되었으며 항렬은 나와 같다. 그리고 나승호는 이대 제자가 되었으면 항렬은 나의 사질이 되었다. 본 문의 사명을 잊지 않고 정진해 주기를 바란다."

"명심하여 사명을 수행하겠습니다."

"명심하여 사명을 수행하겠습니다."

아무것도 모르면서 최종학만 믿고 따라서 대답을 하는 것을 보니, 나승호도 괜찮은 사람 같았다.

"이제 입문식도 끝이 났으니 전투 슈트에 대해 설명을 하겠다. 너희들이 받은 전투 슈트에는 에고가 장착되어 있다. 에고는……."

최종학은 이미 전투 슈트와 동화를 끝냈음을 알려주었고, 두 사람에게 에고를 어떻게 사용하는지에 대해 설명을 해주었다.

스페이스가 활성화시킨 에고에 전투 슈트의 활용법에 대해 모두 각인이 되어 있는 터라 얼마 지나지 않아 사용할 수 있을 터였다.

"너희들이 가지게 된 전투 슈트는 본 문의 상징이나 마찬가지다. 부디 사명을 위해서만 사용해 줬으면 한다."

큰 힘을 가지게 되었기에 설명을 끝내고 당부를 했다.

"명심하겠습니다."

"명심하겠습니다."

두 사람 다 기쁜 표정으로 고개를 끄덕이며 대답을 했다.

— 스페이스, 에너지 스톤을 나눠줘.

— 예, 마스터.

대답이 들린 후 각자 전투 슈트의 에고가 가지고 있는 아공간으로 에너지 스톤이 전송되는 것이 느껴졌다.

"두 사람 다 당분간은 에너지 스톤으로 전투 슈트를 사용할 수 있을 테니 사용법을 숙달하라."

"알겠습니다."

"알겠습니다."

"그리고 최종학은 스승님께서 너에게 전하신 심공을 이대 제자인 나승호에게 전수하도록 해라."

"예."

"이제 끝이네. 두 분은 앞으로 열심히 수련해야 할 거예요. 여기는 장천에게 노출이 되어 위험하니 송지암으로 가서 수련을 하도록 하세요."

내가 갑자기 말을 높이자 두 사람이 의문 섞인 눈으로 바라본다.

"아무리 내가 장문인이라고는 하지만 나이 많은 사람에게 반말하는 것은 영 달갑지 않아서 그래요. 공식적인 일 이외에는 이러니까 두 분 다 그렇게 알고 계세요."

"알겠습니다."

"알겠습니다."

위계질서가 어떠니 하면서 반발할 줄 알았는데, 괜히 고집을 피우지 않아서 다행이었다.

"이제 전하신다는 것을 전해주어도 됩니다."

"알겠습니다. 잠시 자리를 비우겠습니다."

"그러십시오."

"승호야."

"예, 형님."

"형님이 아니다. 이제부터는 사숙으로 부르도록 해라."

"예, 사숙."

"날 따라오너라."

"예."

두 사람은 가볍게 고개를 숙여 보인 후에 침실을 나가 지하실로 갔다.

"어련히 알아서 받아들였을 테지만, 믿을 수 있는 사람들이냐?"

"시험도 해봤는데, 믿을 수 있는 것 같아."

"시험?"

"스승님께서 인연을 남겨둔 사람이야. 그러니까……."

최종학과 나누었던 대화와 시험을 해봤던 것을 형에게 이야기해 주었다.

"그렇다면 믿을 수 있겠구나. 앞으로 우리에게 큰 힘이 되어줄 것 같다."

"지금도 도움이 되기는 하겠지만, 일단 수련을 완전히 끝내는 것이 좋을 것 같으니 형이 편의를 좀 봐줘. 현화에게 연락도 하고."

"알았다. 현화 씨에게 연락을 해두마."

현재 현화가 있는 곳이 송지암이다.

송지암의 지하에 기지를 하나 만들어 그곳에서 자신이 받아들인 휘하들을 관리하고 있는 중이다.

두 사람이 그곳으로 가게 되면 현화의 관리를 받아야 할 테니 연락을 해두는 것이 좋았다.

"그나저나 에너지와 유물은 어떻게 됐냐?"

"일단 회수는 했어."

"그럼 빨리 처리를 해라. 혹시 모르니 말이야."

"알았어."

에너지 구체를 꺼내 삼키고 반지를 손에 끼었다.

'으음, 하나도 느껴지지 않다니 이상하군. 융합되어서 그런 건가?'

뇌전의 능력을 가지고 있었던 것이 분명한데, 반지에서는 아무런 느낌도 없었다.

별다른 감응이 없기에 이상하다고 생각하는 순간 반지의 모습은 사라지기 시작했다.

'분명히 작동을 하는 것 같은데, 아무런 느낌이 없다니 살펴볼 필요가 있다.'

이곳에서는 여유가 없을 것 같기에 돌아가서 살펴보기로 했다.

비공식 랭커지만, 각성자 사이에서도 유명했던 최종학이니만큼 반지의 힘이 간단하지 않은 것이라는 것을 잘 알기 때문이다.

◈   ◈   ◈

침실에서 나와 지하실로 간 최종학은 성찬의 스승인 지명스님과의 인연에 대해 나승호에게 설명을 해주었다.

그동안 봐왔던 것이 있기에 나승호는 자신이 부모처럼 여기는 최종학과 같은 특별한 사명을 가진 문파에 함께 소속이 되었다는 사실에 크게 기뻐했다.

"승호야, 나에게 너는 친아들이자 아우나 마찬가지였다. 그동안 말로 표현할 수 없어 그랬는데, 이제 사숙과 사질이라는 관계가 되어 무척 기쁘다."

"저도 기쁩니다, 사숙."

"승호야, 유물의 의지에 잠식을 당하면서 느낀 거지만, 앞으로 세상에는 괴물들이 튀어 나올 것이다."

"유물의 의지에 잠식당한 존재들 말입니까?"

"그래. 그 존재들은 먼 과거에 신이나 악마로 불렸던 존재들이다. 격을 잃어버린 그 존재들은 괴물들이나 마찬가지다. 조직 파괴의 본성만 남은 괴물들 말이다. 너도 들었다시피 삼환문은 이 세상을 지키는 사명을 받은 곳이다. 너는 내가 남긴 것을 수습한 후에 수련을 끝마치고, 장문인을 전심전력으로 도와야 한다."

"알겠습니다, 사숙."

"하하하! 그래, 앞으로 열심히 해보자. 지금까지의 삶과는 완전히 다를 테지만, 보람이 있을 것이다."

"예, 사숙."

"장문인께서 우리에게 주신 것에 비해 한참 못 미치는 것이지만, 너를 위해 준비해 놓은 것들이다. 한번 살펴보도록 해라."

최종학은 나승호를 위해 자신이 준비한 것들을 꺼냈다.

그것은 지명으로부터 전수받은 천유심공이 적힌 책자와 무공이 적힌 책자들이었는데, 양이 제법 되었다.

"이게 뭡니까?"

"내가 스승님께 배운 심공과 여기저기서 모아 놓은 무공이 적힌 책들이다. 에고를 통해 본 것들을 저장할 수 있다고 하니,

일단 한번 읽어 봐라. 수련하는 것은 송지암으로 가서 내가 도와 줄 테니."

"예, 사숙."

나승호는 책을 펼쳐 내용을 보기 시작했다.

이미 에고가 가동되고 있는 터라 사진을 찍듯이 저장되고 있는 것이 느껴졌다.

"다 봤으면 확인을 해봐라."

"예, 사숙."

나승호는 자아가 확립되지 않았지만, 에고에 자신이 본 것들이 전부 저장되어 있는 것을 확인할 수 있었다.

"다 저장되어 있습니다."

"그러면 태워 버리자. 남겨 놔서는 안 되는 것이니까. 이제 떠나야 할 것 같으니 연락을 해보마."

"예, 사숙."

두 사람은 책을 들고 바깥으로 나가서 태우기 시작했다.

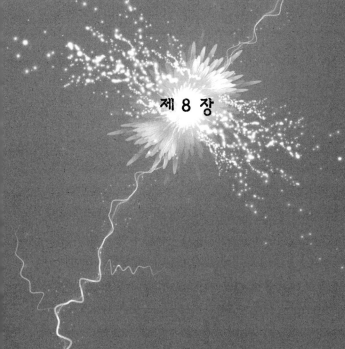

제 8 장

에고 시스템에 대해 설명을 해주면서 내가 가진 것과 연동이 된다는 것을 이야기해 주었다.

스페이스를 통해 최종학이 나승호에게 전한 것이 무엇인지 알 수 있었던 것을 보니 감추려는 모습은 아니다.

"성찬아, 앞으로 장천이 어떻게 할 것 같으냐? 서둘러 떠난 것을 보면 만만치 않게 다친 것 같은데 말이야."

"이렇게 휘저어놨으니 한국에는 더 이상 있지 못하겠지만 아직은 몰라. 진짜로 노리는 것은 게이트 같으니까 말이야."

"국정원이 움직이고 있는데도?"

"그러니까 더욱더 게이트를 얻으려 할 거야. 다시는 기회가 없을지도 모르니까 말이야."

"그렇기는 할 것 같다. 그러면 공사 현장이 문제라는 건데, 어떻게 할 생각이냐?"

"국정원이 움직이니까 그냥 지켜보는 것이 좋을 것 같아."

"그럼, 국정원에서 의뢰받은 것은 어떻게 할 생각이냐?"

"솔직히 그게 골치가 아파."

"천천히 생각을 해보자. 국정원에서 에너지 파동을 감지하는 데는 시간이 좀 걸릴 테니 말이다."

"알았어."

여기서 벌어진 전투로 인해 발생한 에너지 파동을 장천이라는 자가 감췄다.

임시 결계로 감춘 것이라 결계가 사라지고 나면 국정원에서 알아차릴 것이다.

'으음, 그렇게 하면 되겠군.'

국정원이라면 분명 남겨진 흔적을 통해 장천과 최종학 사이에 전투가 있었다는 것을 알아낼 것이다.

이제 최종학이 가진 에너지 파동은 사라진 것이나 마찬가지이니 두 사람이 싸우다가 죽었다고 생각할 것이다.

'나승호는 사전에 몸을 피한 것으로 알리면 크게 문제는 없을 것이다.'

국정원의 의뢰에 대해 말할 거리가 만들어져 다행이었다.

두 사람 다 수련을 마치게 되면 현화를 통해 새로운 신분을 만들 수 있으니 문제는 없을 것 같았다.

"형, 떠나야 할 것 같으니 나가보자."

"그래."

밖으로 나가니 두 사람이 책을 태우고 있는 것이 보였다.

아직 태울 것이 남아 있어 기다려야 할 것 같다.

얼마 지나지 않아 두 사람이 지하실에서 가지고 올라온 책자들이 전부 다 탔다.

"이제 떠나야 할 것 같습니다."

"알겠습니다."

"보트가 있는 곳으로 가시죠."

타타타타타!!

"이런!!"

발길을 옮기려는데, 헬리콥터 소리가 들려왔다.

"그냥 계셔도 됩니다. 수하들이 오는 모양입니다."

"수하들이요?"

"그렇습니다. 지하실로 가면서 연락을 해두었습니다."

귀를 기울여 보니 한 두 대가 아니었다.

"그렇군요."

"수하들이 두 분을 봐서 좋을 일은 없으니 이대로 떠나시면 됩니다."

"저희야 그렇지만 인천으로 가면 국정원에서 나온 요원들이 있을 겁니다."

"저는 송지암으로 곧장 갈 생각입니다."

"추적을 받을 텐데요?"

"인식 차단 장치를 설치한 것들이라 행적이 밝혀지지는 않을 겁니다."

"알겠습니다. 그렇다면 문제가 없을 것 같네요."

"그리고 여기."

최종학이 뭔가를 또 꺼내 들었는데, 스킨 패널에 장착하는 마법진이 담긴 칩이었다.

"뭡니까?"

"이 칩은 저와 연락을 하는데 필요하니 장착해두시면 됩니다. 보안 회선으로 도감청이 불가능하니 언제든지 마음 놓고 연락을 하시면 됩니다."

"알겠습니다."

솔직히 필요가 없는 것이지만, 만약을 위해 칩을 받아 손등에 있는 스킨 패널에 올려놓았다.

마법진이 가동하며 피부 안으로 스며들었다.

"먼저 떠나십시오."

"이만 가보도록 하겠습니다. 조만간 송지암에 찾아가도록 하겠습니다."

"알겠습니다. 조심히 가십시오."

"조심히 가십시오."

두 사람의 인사를 받으며 별장을 나선 후 보트가 있는 곳으로 갔다.

"얼른 가자, 형."

"그러자. 우리 모습이 알려져서 좋을 일은 없으니까."

형과 함께 백사장으로 향했다.

해변에 걸쳐져 있는 보트의 선수를 되돌린 후 바다로 밀고 간 후 시동을 걸었다.

헬리콥터가 내려앉았다가 다시 떠오른 후 남동쪽으로 기수를 틀어 날아가는 모습이 보였다.

"언제 송지암에 갈 거냐?"

"상황이 어떻게 진행이 되는지 지켜보고 나서."

"국정원에는 뭐라고 할 건데?"

"최종학이 장천에게 죽임을 당했다고 알릴 생각이야."

"뭐?"

"그러니까……."

형에게 생각해 두었던 것을 이야기해 주었다.

"으음, 그러면 되겠다. 네가 개입하지 않았다면 상황이 맞아떨어지니까 말이야. 더군다나 두 사람이 수련을 마치고 나면 숨겨진 비수가 될 수도 있을 것이고."

"나도 그걸 바라는 거야. 앞으로는 우리가 직접 움직이기 곤란한 상황이니 말이야."

"곧 있으면 샴발라로 가야 하니 그렇기는 하지. 좀 더 가다듬어야 할 것 같으니 일단 돌아가자."

"그래, 형."

최고 속도로 인천 쪽을 향해 보트를 몰았다.

보트를 부두에 정박시킨 후에 주차시킨 차를 타고 곧바로 집으로 향했다.

"성찬아, 그 자식은 어디로 갔을까?"

외곽 순환 도로에 접어들자 형이 궁금한 듯 물었다.

"비행 경로가 기록되었을 테지만, 착륙하는 곳에는 아마도 장천이 없을 거야."

"중간에 내린다는 거니?"

"그렇겠지. 부상을 당한 몸이라 국정원에 행적이 노출되는 것을 꺼려 할 테니 말이야."

"그럼 어디에서 몸을 감출까?"

"흔적 없이 몸을 빠르게 감추려면 중간에 뛰어내려야 할 테니 인근의 섬이나, 배, 아니면 잠수함 정도로 압축되겠지."

"그렇게 되면 국정원도 바빠지겠구나."

"그렇겠지. 그동안 주시해 온 1급 요주의 대상이 사라져 버린 것이니 말이야."

"국정원의 움직임도 살펴봐야 하는 것 아니냐?"

"그것도 괜찮지만 주의를 끌 필요는 없을 것 같아."

"하긴, 눈치가 워낙 빠른 자들이니까 말이야. 두 사람에 대한 의뢰만 잘 맞춰서 알려주고 나서는 관심을 끊는 것도 나쁘지는 않을 것 같다."

"그러려고. 두 시간은 가야 할 테니 음악이나 듣자, 형."

"그래라."

생각해야 할 것이 있기에 음악을 틀었다.

고민할 것이 생기면 음악을 듣는다는 것을 알기에 집으로 오는 내내 형은 아무런 말도 걸지 않았다.

창고 안으로 차를 들인 후에 구상했던 것에 오류나 허점이 있는지 파악을 하면서 어떻게 알릴지 구체화했다.

형은 전화를 걸어 중개인에게 의뢰가 완료 되었다는 것을 알렸고, 자세한 내용을 설명해 준 후 작성한 보고서를 메일로 전송해 주었다.

◈   ◈   ◈

"최종학이 장천에 의해 죽을 줄이야. 자료를 살펴보느라 연락을 하지 않은 것이 다행이로군."

성찬으로부터 자료를 받은 후 내용을 살펴보느라 국정원과는 별도로 받은 의뢰처에 보내는 것을 미룬 것이 다행이 아닐 수 없었다.

보고받은 정보대로라면 당초 계약한 것보다 얻어낼 수 있는 것이 많기 때문이었다.

제임스는 빠르게 자료를 작성했다. 성찬으로부터 받은 것이 있어서 의뢰자에게 보낼 자료를 작성하는 데는 시간이 얼마 걸리지 않았다.

딜을 걸 자료를 완성한 제임스는 의뢰서에 적힌 코드대로 전화를 걸었다.

─ 세계 상사입니다.

"코드 알파 사! 사! 일! 오! 칠! 삼! 사! 이!"

─ 연결합니다.

'언제 들어도 무미건조하군.'

일반회사로 위장 중이라 접속 암호를 말하자마자 기계적인 음성이 들린 후 회선이 돌아갔다.

─ 무슨 일입니까?

"의뢰가 완료되었기에 연락을 드렸습니다."

─ 벌써 완료되었다는 말입니까?

─ 예, 개략적으로 말씀드리면 의뢰하신 곳에서 게이트가 발생했습니다."

─ 게이트라니, 그게 사실입니까?

"사실입니다. 감응기를 통해 확인을 끝냈습니다. 자료는 지금 곧바로 전송하겠습니다."

— 으음, 특이하군요. 그 지역은 대한민국에서 이미 스캔을 끝낸 곳인데 말입니다.

"보내드린 자료도 자료지만 그것보다 흥미 있는 정보가 있는데 말입니다."

— 원하는 것이 뭡니까?

"전에 말씀드린 것을 전달받았으면 합니다."

— 으음, 무슨 정보인지는 모르겠지만, 그럴 가치가 있을지 모르겠습니다.

"이번에 발생된 게이트하고 정부의 누군가와 연결되어 있는 것으로 보이더군요. 그리고 그 배후가 아무래도……."

— 좋습니다. 물건을 넘겨드리도록 하지요. 하지만 정보의 가치가 그만한 것이 아니라면 각오는 해야 할 겁니다.

"후후후, 그건 염려하지 않아도 될 겁니다."

— 그렇게 자신하니 무슨 정보인지 들어봅시다.

"일단 물건부터……."

— 전송했습니다.

말이 끝나는 것과 동시에 제임스의 손등에 삽입된 스킨 패널이 반응을 일으키더니 그의 손안에 물건 하나가 잡혔다.

"후후후, 역시. 빠르군요."

— 물건을 확인했으면 이제 듣고 싶군요.

"물건을 주셨으니 일단 자료부터 보내겠습니다."

제임스는 자료를 보낸 후 다시 말을 이었다.

"정부 인사의 배후에는 장천이 있는 것 같습니다."

— 화티엔 그룹 한국 지사장인 장천이 배후고, 정부 측 인사가 관련되어 있다는 말입니까?

"그렇습니다. 그것만이 아닙니다. 장천은 정부 측 인사를 통해 게이트 발생을 감췄고, 태연파의 최종학을 움직였습니다. 최종학은 나승호를 통해 부실 공사로 건축주의 자금을 소진시키는 방법으로 비밀리에 게이트가 존재하는 땅을 인수하려고 했습니다."

— 비공식 랭커가 움직였다면…….

"맞습니다. 감웅기의 분석 자료를 보면 다른 차원과 연결된 게이트가 분명합니다."

"그렇다면 장천은 대륙천안에서 보낸 자가 분명하군요."

"그런 것 같습니다."

— 그것만으로는 부족한 것 같은데요?

"후후후, 최종학이 장천에게 당해 죽었습니다."

— 뭐, 뭐라고 했습니까?

"최종학이 장천에게 죽었다고 말씀드렸습니다."

— 최종학이 아무리 유물에 의해 각성했다고 해도 랭커로 인

정받고 있는데, 장천에게 죽다니 믿을 수 없는 말이군요.

"에너지 파장을 살펴보면 금방 들어날 사실인데, 제가 거짓말을 할 이유는 없지요."

— 알겠습니다. 그럼 장천의 행방은 어떻게 됐습니까?

"덕적도에서 최종학을 제거하고 남쪽 방향으로 헬리콥터를 타고 날아갔습니다."

— 무인도로 가거나 바다에서 행적을 감추려 하겠군요.

장천의 경로를 예측하는 것을 보면 아마도 자료를 보고 있는 모양이었다.

"무인도보다는 배나 잠수함을 이용할 것 같습니다. 다른 차원과 연결된 것이니 장천으로서는 게이트를 절대 포기하지 않을 테니 말입니다."

— 아무래도 그렇겠지요. 물건에 합당한 정보 같습니다.

"후후후, 성격이 급하시군요."

— 다른 정보가 또 있습니까?

"그렇습니다."

— 말씀해 보세요.

"이제 그만 중개업을 그만두려고 하는데……."

— 정보의 가치가 합당하면 우리 측에서 심은 인식을 떼도록 하겠습니다.

"지금 해결해 줄 수 있습니까?"

— 으음, 좋습니다. 하지만 정보가 합당하지 않을 경우에는 아까 말한 조치가 취해질 겁니다.

"만족하실 거라 장담하지요."

— 그러기를 빕니다.

말이 끝남과 동시에 제임스는 자신의 스킨 패널이 떨리는 것을 느낄 수 있었다.

"국정원이 움직이고 있습니다."

— 그게 사실입니까?

"미행이 따라붙어 따돌리기는 했지만, 국정원도 본격적으로 움직이는 것 같습니다."

— 국정원의 2차장이 움직인 겁니까?

"최종학에 대한 의뢰를 국정원으로부터 받았습니다. 미행이 따라 붙었는데, 어지간한 규모가 아니더군요."

— 틀림없군요. 알았습니다. 정보 가치가 합당한 것 같군요.

"별말씀을! 그리고 또 하나 국정원의 의뢰를 받은 프리랜서 중에 S급이 둘이나 있습니다."

— 좋은 정보입니다. 이번으로 당신과의 거래가 마지막이라니 아쉽기는 하겠지만, 이것으로 모든 거래를 종결하겠습니다. 처음 의뢰한 것에 대한 의뢰비는 곧바로 이체하도록 하겠습니다.

"예. 그동안 고마웠습니다."

― 별말씀을!

전화를 끊자 스킨 패널로 입금된 것을 곧바로 확인할 수 있었다.

오늘 받은 물건으로 마지막 족쇄를 풀 수 있을 것이기에 나머지 일에 대해서는 앞으로 신경을 꺼도 될 것 같았다.

"이제 한국을 떠나기만 하면 되겠군."

성지로 들어가 진성 각성자가 되었지만, 성자들로부터 자신의 의식에 금제가 있다는 것을 들을 수 있었다.

걸려 있는 금제는 성자는 물론 자신이 각성한 능력으로도 풀수가 없는 것이었다.

여러모로 금제를 풀 방법을 찾다가 미국 쪽에 방법이 있다는 것을 알아낸 제임스는 접촉을 시도했다.

미국에서 의뢰하는 정보를 얻어내는 것을 조건으로 금제를 해제할 수 있는 물건을 받기로 했는데, 이제야 얻을 수 있었다. 그동안 자신의 움직임을 제약했던 족쇄가 드디어 풀린 것이다.

"의심을 피하려면 일단 일을 마무리를 지어야겠지?"

제임스는 곧바로 의뢰비를 이체시켰고, 성진에게 받았던 자료도 국정원으로 전송했다. 자신에게 금제를 건 성찬의 의심을 피하기 위해서였다.

"후후후, 일이 급해서 그냥 떠난다. 다음에 다시 보게 될지도 모르겠지만, 나를 만나지 않는 것이 좋을 것이다."

자신에게 금제를 걸어 놓은 성찬에게 복수를 하고 싶지만, 지금은 다른 차원으로 건너가는 것이 더욱 급했기에 제임스는 나중을 기약했다.

오랜만에 편안한 기분이 된 제임스 윤은 곧바로 차를 타고 호텔을 떠났다.

❖   ❖   ❖

스킨 패널에 신호가 들어온 것을 보니 입금된 메시지다.

형이 제임스에게 잘 설명을 한 것 같다.

잠시 뒤에 형이 나타났다.

"형, 입금된 것 같은데?"

"그래, 나도 봤다. 이제 의뢰도 모두 끝났고, 국정원에서 나선 이상 게이트도 잘 처리될 것 같으니 이제부터는 상황을 지켜보면서 졸업시험 준비를 해야 할 것 같다."

"하기 해야지. 그전에 약속한 것부터 해결하고."

"약속한 것… 아! 클럽!!"

"그래, 형. 근호 형 삐친다. 얼른 연락해 봐."

"알았다. 근호가 삐치면 안 되지."

형이 스킨 패널을 열어 근호 형에게 연락을 취했다.

― 무슨 일이냐?

"전에 약속한 거 있잖아."

— 오늘 시간은 괜찮은 거냐?

"괜찮지. 성찬이도 괜찮다고 한다."

— 그럼 일곱 시에 강남역으로 나와라. 클럽가기 전에 밥부터 먹어야 하니까.

"그런데 가게 바쁘지 않냐?"

— 걱정하지 마라. 차원통제사 시험 전까지는 프리니까.

"프리?"

— 아버지가 주방 보조를 둘이나 들이셨다.

"그럼 애들은 어떻게 할까?"

— 애들한테는 내가 연락을 할 테니, 시간 맞춰 와라.

"알았어."

— 시간은 알지?

"일곱 시에 강남역!"

— 그래, 조금 있다가 보자.

형이 스킨 패널과 연결된 네트워크를 끊었다.

"강남역이면 어디서 한잔하고 갈 심산인가 보네."

"그래야겠지. 저녁 시간이기도 하고."

"준비 좀 하자, 형. 전처럼 양복 빼입을 생각은 말고, 그냥 간편하게 입고 가는 거 잊지 말고."

"하하하하! 한 번 호되게 당했으면 됐지, 또 그럴까 봐? 걱정 좀 붙들어 매라."

지난번 클럽에 갔을 때, 그래도 최신 양복을 입고 갔었고, 그것 때문에 진짜 조폭으로 오해를 받았다.

물론 혼자만이 아니고, 형도 마찬가지로 양복을 점잖게 빼입고 갔었다.

그날 형을 두목, 나를 행동 대장으로 보는 눈빛이라니…….
다시는 생각하고 싶지도 않다.

거리는 가깝지만 여섯 시가 가까운 시간이라 샤워를 하고 간편한 복장으로 갈아입었다.

손목에 차고 있는 비갑은 벗지 않았다.

중개인을 통해 국정원에 알렸다고는 하지만 아직 위험이 가신 것이 아니기 때문이다.

덕적도로 향할 당시 헬리콥터에 타고 있는 자들이 우리를 인지했기에 언제 어디서 장천의 수하들이 찾아올지 모르는 상황이니 말이다.

"다 준비했냐?"

검은색 진에 셔츠를 입은 모습으로 형이 방에 들어왔다.

역시나 예상을 벗어나지 않은 복장이다.

'조폭 같은 모습은 많이 가셨지만, 아직도 조금 그러네. 나도 그렇게 보이겠군.'

나도 쌍둥이처럼 형과 똑 같은 복장을 하고 있었기에 남들의 눈에 보이는 내 모습을 짐작할 수 있었다.

아무리 미화한다고 해도 조폭 같은 분위기다.

'나중에 머리 스타일도 조금 바꾸고, 진짜 옷이라도 좀 사야겠네.'

그나마 우리 둘이 가지고 있는 옷들 중에 가장 무난한 것이기에 그냥 입고 갈 수밖에 없는 상황이 아쉬울 뿐이다.

"운전은 어떻게 할래?"

"아까 형이 운전했으니까 내가 할게."

"그래라."

형이 차 키를 던졌다.

"가보실까요?"

"크크크, 그러자. 그냥 잘 놀다가 오자."

남들이 우리 둘을 바라보는 시선을 잘 알기에 사실 클럽에 가는 것에는 큰 기대를 하지 않는다.

부킹을 할 수 있거나 말거나 술 한잔 마시면서 그동안 쌓였던 스트레스를 풀기만 하면 그만이다.

방을 나선 후, 그랜즈에 탔다.

최신형 차량이라서 승차감이나 핸들링이 기가 막히다.

형이 운전하는 것을 좋아하지 않으면서도 이 차만큼은 운전대를 놓지 않는 이유를 알 것 같다.

강남역에 도착한 후 공영 주차장에 차를 주차시켰다.

주차 요금이 꽤 나오지만, 오늘 입금 받은 것으로 목표한 금액의 배를 초과했으니 상관은 없다.

　주차장을 나와 강남역으로 향했다.

　쌀쌀한 날씨임에도 미니스커트를 입고 거리를 활보하는 여자들이 많았지만, 오해를 받을 확률이 높아 눈길을 주지 않았다.

　강남역 지하로 내려가서 언제나 약속 장소로 잡았던 곳을 찾아가니 근호 형이 동기생들과 함께 기다리고 있었다.

　"요오! 멋있는데!"

　"멋있기는 뭐가 멋있어? 때 빼고 광내 봐야 조폭으로 보는 눈은 여전할 텐데 말이야."

　"그래도 전보다 훨씬 났다."

　내 말에 그래도 근호 형이 기죽지 말라고 장단을 맞춰준다.

　"그렇다면 다행이네."

　"그나저나 색깔만 다르고 완전히 같은 복장이니 너희들 패션 감각도 알아줘야 할 것 같다, 성진아."

　"이제 알았냐? 성찬이나 나나 거기서 거기지. 오늘은 그저 춤이나 추며 즐길 생각이다."

　근호 형에게 말하는 것을 보니 형도 나처럼 이미 포기를 하고 온 모양이다.

　"일단 밥부터 먹으로 가자."

　"어디로 갈 거냐?"

"어디긴 어디냐? 알고 있으면서!"

"또 그곳에 갈 거냐?"

"그 녀석 매상이나 좀 올려줘야 할 것 아니냐? 나에게 처음 요리를 배운 놈인데."

"그래, 알았다. 그놈 식당이라면 고기 굽는 집보다는 나을 테니까."

"가자."

3학년 1학기 초, 동생의 갑작스러운 발병으로 인해 학업을 중단해야 했던 정윤찬이라는 동기생이 하나 있다.

근호 형 가게에서 일을 하는 것만으로는 동생의 입원비와 수술비를 감당할 수 없어 다른 일을 찾으려 하던 것을 성진이 형이 강남에 가게를 내도록 도와주었다.

근호 형네 가게가 프랜차이즈는 아니지만, 윤찬이가 고등학교 때부터 일을 했던 터라 분점 형식으로 내도록 허락해서 차리게 됐는데, 제법 장사가 잘되는 집이다.

가게 규모가 그리 크지는 않지만 맛집으로 소문이 나서 가게가 번창하고 있었다. 버는 수입으로 성진이 형이 빌려준 입원비와 수술비를 일부분 갚아나가고 있는 중이다.

솔직히 나는 가고 싶지 않지만, 형들이 관심을 가지고 있는 동기였기에 안 갈 수가 없다.

'할 수 없지.'

앞서 가는 형들을 따라서 지하철역을 광장을 벗어나 윤찬이네 가게가 있는 곳으로 갔다.

"어! 근호 형! 성진이 형, 성찬이 형도 오셨네요."

가게 안으로 들어서자 주방에서 음식을 만들고 있던 윤찬이가 반갑게 우리를 맞는다.

"오랜만이다. 잘 지냈냐?"

"저야 잘 지내죠. 형도 잘 지내시죠?"

"그래."

"아참, 식사하러 오신 것 같은데, 어서 자리에 앉으세요. 조금 있으면 자리가 없을 거예요."

장사가 잘 되는 것 같아 기분이 좋다.

"알았다. 그런데 동생은 괜찮은 거냐?"

"형님 덕분에 아주 건강해졌죠. 그렇지 않아도 조금 있으면 나올 거예요."

"가게에 일하러 나온다고?"

"말려도 소용이 없네요. 학교 갔다가 이 시간쯤이면 가게로 와요. 바쁜 오빠 돕는다고 말이죠."

"그래도 괜찮은 거냐?"

"성찬이 형님 덕분에 건강은 아주 좋아요. 석 달 전에 완치됐다는 판정도 받았어요."

"그래, 잘됐네. 축하한다. 네가 마음 고생이 많았다."

다 나왔다는 말에 성진이 형도 안심하는 눈치다.

"윤찬아! 네 동생 유민이가 이제 고등학교 3학년인데, 가게 일 도우면서 공부하기에는 좀 그렇지 않냐?"

"하하하하! 우리 유민이가 전교 1등 아닙니까? 전교 1등!"

"동생 자랑은 팔불출이라고 했다, 인마."

"에이! 팔불출이라니요. 학원은 하나 안 가고도 전교 1등인데요. 이번에 모의고사에서는 전국 석차가 무려 3등입니다, 근호 형! 그러니 제가 자랑하지 않고 배기겠어요."

"하하하! 그래 좋겠다, 인마. 건강하고 공부 잘하니 말이다. 그래도 고등학교 3학년이면 많이 예민한 시기이니 잘해줘라."

"알았어요. 그런데 뭘 드실 거예요."

"뭐 볼 거 있냐? 만날 먹는 것 먹어야지."

"그럼 성진이 형이랑 성찬이 형은 칼칼한 김치찌개, 그리고 근호 형은 된장찌개로 하고. 너희들은?"

"우리는 오므라이스로 통일이요, 윤찬이 형."

"오케이!!"

주문을 받아간 윤찬이가 요리에 집중하기 시작했다.

가게의 좌석 수는 30석밖에 되지 않기에 아르바이트가 한 명뿐이다.

슬슬 손님이 오기 시작했더니, 20분이 안 돼서 반 쯤 비어 있던 좌석이 금방 다 찼다.

아르바이트가 한 명 뿐이기에 병찬이를 비롯한 사인방이 알아서 일어서더니 서빙을 하기 시작한다.

'이 자식들이 여기 많이 와본 것 같은데?'

주방과 홀을 번갈아 오가며 준비된 음식들과 반찬들을 나르는 모습을 보니 많이 익숙한 모습이다.

네 녀석이 왜 이 가게에 들락날락거리는지 어느 정도 짐작이 가는 중에 원인이 되는 이가 가게로 들어왔다.

윤찬이 동생 유민이였다.

"어! 오빠들이네!! 성찬 오빠!"

다 큰 녀석이 달리듯 걸어와 날 꽉 껴 앉는다.

"험, 험! 학교는 끝나고 오는 거냐?"

"웅! 그런데 왜 그렇게 안 온 거야?"

"일이 좀 많았다."

"바쁜 것은 끝났나 보네. 오늘 밥 먹으러 온 거야?"

"그래. 근처 온 김에 들렀다."

"알았어. 잠시만 기다려."

유민이가 나를 껴안은 손을 풀더니 눈을 빛내며 도도도 주방으로 직행했다.

"크크크, 일편단심이다. 일편단심!"

"근호 형은 왜 그래. 아직 애구만!"

"인마, 유민이가 2년을 꿇어서 지금 스물 하나다. 스물 하나!

넌 저런 애기 봤냐?"

유민이의 병이 발병한 것은 2년 전이다.

그때도 지금과 마찬가지로 고등학교 3학년이었으니 법적으로 성인은 맞다.

치료하는 것을 도와줬다고 애틋하게 나를 대하는 것을 전부터 느꼈지만, 일부러 선을 그었다.

병을 치료하고 나서 살이 올라서 그런지, 호리호리하고 잘 생긴 윤찬이처럼 유민이도 날이 갈수록 점점 예뻐졌다.

유민이를 보면 문득문득 마음이 싱숭생숭해지는 탓에 일부러 가게에 놀러오지 않기도 했다.

"형은 쓸데없는 소리하지 마. 남들이 욕해!"

"쓸데없는 소리라니! 지금도 제 서방 밥해준다고 주방에 들어간 걸 보면 모르냐?"

"근호 형!!"

"크크크, 알았다. 알았어. 하지만 유민이만 한 애도 없으니 잘해봐라. 어떻게 될지는 아무도 모르니 일부러 거리는 두지 마라."

"에휴!"

한마디도 지지 않는 근호 형의 말발에 한숨이 다 나온다.

사실 근호 형 말대로 유민이 정도면 나에게는 정말 과분한 여자다.

늘씬한 키에 볼륨감 있는 몸매도 그렇지만, 동안의 귀여운 고양이상의 얼굴을 보고 있자면 저절로 마음이 기울어지니 말이다.

더군다나 명석한 두뇌에 남을 배려하는 마음까지 어디 하나 빠지는 아이가 아니다.

하지만 유민이는 내가 치료를 도와 완치된 덕분에 나를 생명의 은인으로 여기며 좋게 보는 것일 뿐이다.

눈에 콩깍지가 씌워져 있기에 한 겹 벗겨지면 나에 대해서 다시 생각하게 될 터다.

그리고 무엇보다 나는 해야 할 일이 있어서 유민이에 대한 마음을 키울 수가 없는 상황이다.

"성찬아, 아무리 우리 일이 중요하다고는 하지만 그렇게 단정적으로 생각할 필요는 없다. 스승님께서 그러시지 않았냐? 앞으로는 마음이 가는 대로 하라고 말이다."

돌아가시기 직전 스승님께서는 내 뜻대로 살라 하셨다.

마음을 닫지 말고 흘러가는 대로 세상의 진실을 보며 살아가라고 말이다.

유민이를 나만큼이나 아끼는 탓에 성진이 형은 유언처럼 남기신 스승님의 말을 상기시킨 것이다.

"알았어, 형. 생각해 볼게."

"그래, 어차피 이어질 인연이면 네가 피한다고 해서 끊어지지는 않을 테니까."

"알았어. 어! 밥이 나온다."

한마디 하려고 옆에서 입술을 실룩이는 근호 형 뒤로 동기들이 밥을 가지고 온다.

무슨 소리를 할지 몰라 화제를 돌렸다.

병찬이와 동기들이 식탁 위에 음식들을 놓기 시작하는데 내 것은 없다.

"내 건?"

"형, 유민이가 조금 더 있어야 한데요."

"그라냐. 너희들이나 어서 먹어라."

"예, 형."

동기들이 식탁에 앉자 근호 형이 슬며시 된장찌개를 앞으로 밀더니 자리에서 일어나더니 성진이 형 옆으로 간다.

"근호 형, 그냥 앉아서 먹지?"

"내가 눈칫밥 먹을 일 있냐?"

성진이 형 옆에 앉는 근호 형을 보며 유민이가 만들어오는 김치찌개를 기다렸다.

잠시 뒤에 유민이가 조심조심 김치찌개를 들고 우리 자리로 다가온다.

평소 성격잡지 않게 얼마나 조신한지 근호 형이 큭큭대며 웃음을 참지 못한다.

"히히, 오빠 많이 기다렸지?"

"아니야. 이거 네가 직접 끓인 거니?"

"응, 전에 약속했잖아. 내가 맛있는 밥 차려 준다고."

"그, 그러기는 했지."

"먹어봐. 내 솜씨도 제법 괜찮으니까 말이야."

"알았다."

후르르륵!

수저를 잡고 김치찌개를 떠서 국물을 먹었다.

'죽이네. 자매식당집 이모님 솜씨와 버금가는구나.'

오빠인 윤찬이에게서 배워서인지, 아니면 타고난 솜씨인지는 모르지만 칼칼하니 정말 맛이 좋았다.

'초롱초롱한 눈으로 나를 바라보는 눈빛이 부담스럽지만, 이런 것까지 애써 거짓말을 할 필요는 없지.'

"유민아, 정말 잘 끓였는데."

"히히, 정말?"

"그래, 아주 맛있다."

"어디 나도 좀."

틱!

내 말에 찌개 뚝배기에 근호 형이 숟가락을 밀어 넣으려고 하자 유민이가 쳐 낸다.

"근호 오빠는 오빠 거 먹어!"

"유민아, 사람 차별하는 거냐?"

"차별하는 건 아니지만, 성찬 오빠에게 처음으로 끓여주는 거란 말이야."

"그래, 그래. 알았다. 한 쌍의 바퀴벌레 같으니라구."

"뭐? 이 오빠가!!"

"아, 아니다"

쌍심지를 키우는 유민이의 모습에 근호 형이 꼬리를 만다.

옆에서 숟가락을 내밀려고 움직이던 성진이 형도 얼른 자기 찌개에 담근다.

"식겠다. 오빠, 어서 먹어."

"그래. 알았다."

먹음직스러워 보이는 반찬과 칼칼한 찌개로 밥을 먹었다.

수저로 밥을 풀 때마다 젓가락으로 반찬을 집어 올려주는 게 부담이 됐지만, 워낙 맛이 좋으니 그냥 넘어가기로 했다.

어느새 밥 한 공기를 다 비웠다.

반찬들도 싹 비워져 설거지를 하지 않아도 될 정도다.

"호호호! 오빠는 참 복스럽게 먹어. 자, 여기 물."

"고맙다."

"그런데 성찬 오빠."

"왜?"

"오늘 어디가?"

"졸업시험만 남아서 근호 형 따라서 클럽에 가려고."

"오빠가 클럽에?"

"저 두 양반에게 당했다."

"근호 오빠 따라서 밴드하는 사람들 보려고?"

덩치나 얼굴 때문에 여자들이 붙지 않는다는 것을 누구보다 잘 아는 유민이다.

우리가 클럽에서 겪었던 사건들도 잘 알고 있고, 근호 형이 밴드하는 사람들과 친하다는 것도 잘 알고 있어서인지 오해를 하는 것 같지는 않다.

"그렇지. 뭐. 우리가 여자 보러 갈 형편도 아니고,"

"오빠가 뭐 어때서?"

"너도 잘 알잖아. 조폭이라고 다른 사람들이 신고나 하지 않으면 다행이다. 지금 가는 클럽도 근호 형이 잘 알아서 그렇지. 다른 클럽 같았으며 들여보내 주지도 않았을 거다."

"알았어. 클럽에 간다는 말이지. 몇 시에 가는데?"

"저녁 먹었으니까. 어디 가서 소주 한 잔하고 10시쯤 가려고 하는데 왜?"

"아니야. 난 서빙을 해야 하니까. 어서 가서 잘 놀아."

"그래."

'표정이 심상치 않았는데……'

자리에서 일어나기 전에 유민이의 표정이 약간 굳어진 것을 볼 수 있었다. 주방이 있는 곳으로 가서 음식을 나르는 것을 보니 별일은 아닌 것 같다.

"근호야, 밥도 다 먹었고, 이제 한잔 하러 가야지?"

"그래야지. 트론밴드 애들이 10시부터 시작하니까."

"자, 다들 일어나자."

자리에서 일어난 성진이 형이 카운터로 가서 계산을 하려 했다.

"성진이 형, 그냥 놔두세요."

"인마, 벼룩의 간을 빼먹지. 돈 많이 벌어서 빚이나 갚아."

주방에서 만류하는 윤찬이를 향해 한마디 한 성진이 형이 곧바로 가게를 나섰다.

"오빠들! 다음에 또 오세요. 성찬이 오빠도요."

"그래, 너무 무리하지 말고 적성검사 잘 받아."

"알았어요."

손을 흔들며 환하게 웃는 유민이를 보며 가게를 나섰다.

제 9 장

"성진아, 우리 시험 끝나고 유민이가 적성검사받는데, 뭐라도 해야 하지 않을까?"

유민이는 우리가 졸업시험을 보는 다음 날, 앞으로 무엇을 할 것인지에 대한 적성검사를 받는다.

앞으로의 인생을 결정하는 일이기에 근호 형은 유민이에게 선물을 하고 싶은 모양이다.

"하긴 해야지. 유민이에게 부담이 될 수도 있으니 적성검사 끝난 후에 선물을 주는 것이 좋을 것 같다."

"적성검사 결과에 따라서 선물을 하자는 말이냐?"

"그게 좋을 것 같지 않나?"

"하긴, 나는 내 적성과 전혀 관련이 없는 선물을 받아서 좀 난감했었지. 그래, 그렇게 하자."

"너희들도 유민이에게 선물하는 것 잊지 마라."

"알았어요, 형."

"각자 할 생각하지 말고 너희들은 하나만 준비해."

"하나만이요?"

"하나를 하더라도 좋은 것으로 해주란 뜻이다. 너희들 형편을 뻔히 아니까 그것 가지고 유민이가 삐칠 아이도 아니고 말이야."

"알았어요, 형."

병찬이를 비롯해 다들 고개를 끄덕인다.

적성검사에서 어떤 결과가 나올지 모르겠지만, 허접한 것을 여러 개 선물하느니 진짜 좋은 선물을 하나 하는 것이 좋다는 것을 수긍한 것 같다.

'공부야 평상시에 하면 되니 많이 좋아졌어.'

적성검사는 15년 전에 사라진 수학 능력 평가를 대체하는 일종의 자격시험이다.

15년 전, 고등학교까지 의무교육이 시행이 되고 난 후, 학력에 대한 평가는 학교 단위가 아니라 전국 단위로 보는 시험으로 대치되었다.

적성검사를 통해 학생의 진로를 탐색하고 그 결과에 따라 자신이 원하는 학과를 택할 수 있게 되었다. 명문 학교의 진학 여부는 학력 평가에서 나온 절대평가에 따라 갈리게 되기에 요즘 학생들은 공부를 열심히 하는 편이다.

아무래도 명문 학교를 나오는 것이 자신이 원하는 진로를 개척하는 데 훨씬 도움이 되기 때문이다.

이런 제도가 정착한 것은 예전의 수학 능력 평가와는 달리 적성검사로 1차 각성에 따른 자질을 판단하여 자신에게 맞는 진로를 선택할 수 있게 해주는 것이 가능해졌기 때문이다.

유민이의 전국 석차가 3등이라고 하니 적성검사에 따라 자신이 원하는 학과라면 전국 어느 대학교든 갈 수 있을 것이다.

"일단 한잔 걸쳐야 되니까 오늘은 어떤 집으로 갈래?"

"밥을 간단히 때웠으니까, 괜찮은 안주가 나오는 곳으로 하자, 형."

윤찬이네 가게에서 밥을 먹었다고는 하지만 평상시 먹는 양의 절반도 되지 않는 것이라 안주가 적당한 집으로 고르는 것이 좋을 것 같았다.

"저기로 가서 어디 갈지 골라볼까?"

"그러자."

근호 형이 가리키는 곳은 강남역 뒤쪽에 자리 잡은 건물들 뒤로 나직한 가게들이 옹기종기 모여 있는 곳이다.

유명한 클럽이 두 개나 있는 곳이라 새벽까지 영업을 하는 가게들이었는데, 명소로 통하는 곳이 제법 많은 곳이었다.

"그렇게 당기는 곳이 없네. 역시 어쩔 수 없네."

"또 거기 가게?"

"성진아, 아는 사람한테 잘해야 한다."

"알았다. 알았어. 대신 안주는 간단한 걸로 하는 거다."

"걱정하지 마라. 중화요리라고 다 기름진 것만은 아니니 말이다."

두 형의 대화를 들어보니 전에 가봤던 곳으로 가는 것이 분명했다.

근호 형이 앞장서 먹자골목으로 온 우리는 가게들 중에 퓨전 중화요리를 하는 집으로 들어갔다.

맛도 괜찮고, 가격 대비 가성비가 좋은 곳이기도 하지만 근호 형이 사적으로 아주 잘 아는 집이라 많이 찾던 곳이다.

"어! 근호 왔네. 잘 왔다."

"예, 형님."

가게로 들어서자 카운터를 보고 있는 사장님이 근호 형을 격하게 반긴다.

학교에 다니기 전에 클럽을 드나들며 배고픈 밴드들에게 이곳에서 밥 꽤나 사먹였다고 하니, 단골이 아닐 수 없었다.

"학교 다닌다고 뜸하더니, 오늘은 무슨 바람이 불었냐?"

"이제 학교가 모두 종강을 해서요. 졸업시험을 준비하기 전에 스트레스 좀 풀려고 왔어요."

"이야! 벌써 그렇게 된 거냐?"

"예, 형님."

"하하하, 학교에 간다고 한 지가 엊그제 같은데 벌써 졸업이라니, 그동안 고생 많이 했다."

"별말씀을요."

"클럽에 가기 전에 한잔하려고 온 모양인데, 저리 가서 앉아라. 오늘을 특별히 내가 직접 안주를 만들어올 테니."

"형님께서 직접이요?"

"그럼 동생이 졸업을 하는데, 솜씨를 한번 발휘해야지."

"고맙습니다, 형님."

"그리고 아주 죽이는 축하주도 있으니 기대하고 있어라."

"축하주요?"

"그래, 장인어른께서 나 먹으라고 수정방을 몇 단지 보내왔는데, 이럴 때가 아니면 언제 내놓겠냐?"

"이야, 수정방이라니. 고맙습니다, 형님."

"그럼 저기 앉아서 조금만 기다려라."

"예."

우리는 사장님이 가리키는 자리로 가서 앉았다.

"형도 참 발이 넓다."

"발이 넓기는 문도 형이야 아버지 밑에서 일했으니까 잘 아는 거지."

"저분도 아버님 밑에서 일했던 분이야?"

몇 번 찾아왔지만, 처음 듣는 이야기다.

올 때 마다 격의 없이 대하는 것을 보면서 정말 친한 것 같다고 생각했는데, 그런 인연이 있었다니 재미있는 일이다.

"너도 알지? 우리 아버지가 어떤 분이신지."

"알긴 알지."

지금은 분식점을 하고 계시지만 중식, 양식, 일식을 두루 망라해서 명장이라고 해도 시원치 않을 분이 근호 형 아버님이시다.

근호 형이 야간학교에 입학하자 호텔 수석 주방장을 때려치우고, 학교 앞에 학생들을 위한 가게를 내실 정도로 사랑이 지극하신 분이고 말이다.

얼마 지나지 않아 서빙을 하는 아가씨들이 음식들을 내오기 시작했다.

근호 형의 입맛을 고려한 것인지, 대부분 사천식의 매콤한 요리들이었다.

그리고 사장님이 커다란 중국식 술 항아리를 가지고 나오셨는데, 말씀하신 수정방 같았다.

탁!

"너도 왔으니 오늘은 나도 한잔해야겠다."

근호 형 때문인지, 아니면 술 때문인지, 사장님도 우리와 자리를 함께했다.

"술 마셔도 괜찮아요?"

"걱정하지 마라. 이제 주방도 자리 잡혔고, 오늘 하루쯤인데 뭐 어떠냐? 어디!"

　자리에 앉은 사장님이 술 단지 위에 싸놓은 한지를 걷어내고는 접시보다는 안쪽이 깊이 들어간 커다란 잔에 술을 따랐다.

　'으음, 향이 정말 좋구나.'

　처음 마셔보는 것이지만, 주향이 그윽한 것이 중국의 3대 명주라고 할 만했다.

"이건 문화재로 지정된 후에 현대식으로 만들어진 것이 아니라, 전통적인 방법대로 담그고 나서 발효가 끝난 것을 증류한 후에 삼 년간 숙성시킨 거다. 가히 백주의 최고봉이라고 할 수 있지. 자, 단번에 쭉 들이켜 봐라."

"예, 형님."

"자, 건배."

"건배!!!"

　사장님의 말씀에 다들 잔을 들어 올리고, 건배를 합창한 후 단번에 비웠다.

"으음."

"음."

"이야."

입안으로 들어오자마자 온몸을 적시는 것이 정말 대단한 술인 것 같다.

'뭐지?'

목젖부터 내려가는데, 위에 도달하는 것이 느껴지자 갑자기 뜨거운 기운이 휘몰아친다.

'으음, 이건 화기다. 그리고……'

술에 담긴 화기가 전신을 휩쓸고 흐른다.

화기뿐만이 아니라, 술의 원재료인 곡식들이 가진 대지의 기운도 같이 있는 것 같다.

술에서 이렇듯 선명한 기운을 느끼다니, 이상한 일이 아닐 수 없다.

'이상하군. 고기를 먹었을 때도 그랬는데 말이야.'

그냥 무심코 지나가서 그렇지, 나승호와 고기를 먹을 때도 미비하지만 화기와 대지의 기운을 느꼈던 것 같다.

'그때에 비하면 수천 배 농축이 돼서 그런 건가? 이거 아무래도 레인보우 크랩을 먹고 유진호 교수님이 시범을 보여주신 후부터 그런 것 같은데 말이야.'

지구 대차원과 연결이 된 세상들에 흐르는 근원의 에너지를 레인보우 크랩을 먹으며 얻었다.

그리고 교수님이 보여주신 융합체로 에너지들을 선명히 느낀 후부터 세상에 존재하는 에너지들을 더 잘 느끼게 된 것 같다.

'그나저나 보통 술이 아닌 것 같다.'

에너지의 근원을 느끼게 된 것 같지만, 술 자체가 특이하기 때문에 더욱 선명히 느껴지는 것 같다.

더군다나 화기와 함께 토기와 목기, 금기가 서린 대지의 기운이 쌓이는 것을 보면 보통 술이 아님이 분명했다.

"자, 술은 일단 삼배라고 하지. 한잔씩 더 받아라."

쪼르르르!

사장님께서 술 단지를 들고 잔에 술이 더 따라줬다.

'좀 더 마셔 보자.'

술잔을 받은 후, 이번에도 단숨에 들이켰다.

역시나 화기와 대지의 기운이 온몸에 흐르다가 전신에 쌓이는 것 같다.

내가 느끼는 기운의 양보다 현저히 줄어든 양이지만, 쌓이는 것은 분명했다.

'첫 잔보다 두 번째 잔에서 더 많이 쌓였다. 세 번째 잔에서는 어떤지 보자.'

잔이 비워지고 난 후 세 번째 잔에 술이 따라졌고, 다시 잔을 비웠다.

그렇게 석 잔을 연달아 마시자, 몸 안에 쌓이는 화기와 대지의 기운의 농도가 훨씬 증가했다.

"하하하하! 이렇게 통쾌하게 마시는 친구들이라니. 역시 술은 이 맛이지. 잠시 기다려들 보라고."

"어디 가시게요?"

"술이 벌써 비었으니 더 가져 오려고."

"술을요?"

한 번에 여덟 잔씩 세 번에 걸쳐 마시고 나니 술 단지가 비어 버린 모양이다.

"그래, 잠시 안주나 먹으면서 기다려라. 하하하!"

사장님이 말씀을 하셨지만, 안주를 집어 먹는 이들은 하나도 없었다.

수정방이 전해준 충격 때문인지, 다들 안주를 먹을 생각이 없는가 보다.

'다들 느끼고 있는 건가? 하긴……'

말없이 술잔을 바라보고 있는 것이 나만 수정방이 특이하다는 것을 느낀 것이 아닌 것 같다.

그렇게 생각에 잠겨 있던 사이 내실 쪽으로 갔던 사장님이 술단지 아홉 개를 카트에 싣고 오셨다.

"문도 형! 이거 너무 많은 양인데요?"

"이 정도 가지고 왜 그러는 거냐? 인마! 너도 그렇고, 다들 천하의 주당이라는 것을 다 아는데 말이야."

사장님 말씀처럼 한 사람당 소주를 열 병씩 먹어도 취할까 말까 할 정도로 우리 파티원들은 주당이기는 하다.

독한 술이기는 하지만 빨리 취하고 빨리 깨는 것이 백주의 특징이라 클럽에 가는 것에는 지장이 없다.

더군다나 종강을 하고 난 후에 근호 형네 가게에서 미진하게 술을 마신 탓인지, 다들 입맛을 다신다.

'사장님이 내놓으시는 이 술이 2차 각성에 도움이 된다는 것도 알고 있으니 입맛을 다실 만도 하지.'

술 단지를 바라는 눈빛에서 열망 같은 것이 느껴지는 것을 보면 결코 술을 탐하는 것이 아니었다.

내가 느끼고 있는 것처럼 성진이 형이나, 근호 형, 병찬이를 비롯해 사인방도 술에 담긴 기운에 대해서 느끼고 있는 것이 분명하다.

"자, 이번에는 각자 단지 하나씩이다. 단지를 단숨에 비우고 난 후에 천천히 안주를 먹다보면 밴드들이 연주할 시간이 될 테니 마시자. 자, 그럼 하나씩 받아라."

사장님이 각자의 자리에 하나씩 단지를 올려놓았다.

우리가 앉은 자리를 지나치는 손님들이 전부 질린다는 표정이라 조금 쑥스럽기는 하다.

"오늘 횡재를 했네요, 잘 마시겠습니다."

"그래. 한번 마셔보자."

옷소매를 걷어 올려 팔뚝까지 드러내시는 것을 보니 사장님이 작정을 하신 모양이다.

사장님의 성의를 무시할 수 없어 단지를 개봉하고 잔에 술을 따른 후 마셨다.

'몸 안에 쌓이는 기운의 농도가 더 증가했다. 더군다나 취기도 별로 오르지 않고. 이건 영약이나 마찬가지다.'

목젖을 타고 퍼지는 감촉을 보면 알코올 성분이 휘발되지는 않았을 텐데 쌓이는 기운만 늘어나고 취기가 거의 오르지 않는다.

아무래도 우리는 오늘 기연을 만난 것 같다.

"헉!"

잔이 비자 다시 술을 따르려고 하던 사장님이 헛바람 소리와 함께 술 단지를 내려놓는다.

"여, 여보."

사장님의 떨리는 목소리에 뒤를 돌아보니 아름답게 생기신 분이 팔짱을 끼고 사장님을 노려보고 계신다.

사장님의 사모님이신 유연하 씨다.

"이 인간이 가게 볼 생각을 하지 않고!!"

"오, 오늘 친정에 간다고 하지 않았어?"

"비행기가 결항돼서 가게 일이나 도와주려고 와 봤는데, 장사할 시간에 술을 처마시는 거예요!!"

우리들 때문에 순화하려고 무척이나 애를 쓰는 것 같지만, 화가 많이 난 목소리라 괜히 기가 죽는다.

"그, 그게 아니라."

"허! 그리고 아빠가 보내준 수정방까지!!"

미인이 째려보는 것이 정말 무섭다는 것을 오늘 알았다.

기세가 보통이 아니라서 그런지, 다들 입을 꾹 다물고 술잔만 바라보고 있는 중이다.

"여, 여보. 근호가 이제 종강을 하고, 졸업이라고 하기에……."

"내가 지금 근호한테 뭐라고 하는 것 같아요? 당신이 지금 이 시간에 술을 먹고 있으니까 하는 말이지. 어서 주방으로 들어가지 못해요?"

"아, 알았어."

사장님이 아쉬운 눈빛으로 술 단지를 바라보며 자리에서 일어나더니, 주방으로 부리나케 간다.

"호호호, 근호야. 벌써 졸업이니?"

사장님의 뒤에다 대고 레이저 광선을 쏴대던 사모님이 봄바람이 불 것 같은 화사한 미소로 근호를 보며 웃더니, 자리에 앉는다.

여자의 변화는 천변만화한다더니, 북풍한설이 몰아치는 조금 전의 모습은 찾을 수가 없다.

"예, 누님."

"벌써 졸업이라니? 근호야, 지난 사 년간 고생이 많았다. 이 누나가 한 잔 따라주마. 그리고 너희들도."

"고맙습니다."

"술은 언제나 삼배라는 것 알지?

"예, 누나."

"자, 받아라."

사모님께서 근호 형뿐만 아니라 우리들에게 한 잔씩 따라 주신다.

단번에 들이키고 난 후에 다시 술을 따라주셨고, 그렇게 우리 모두 석 잔을 내리 마셨다.

벌써 여섯 잔째다.

"그이가 마시던 술 단지가 비었으니, 나는 이만 일어나야겠네. 다들 무사히 학업을 마친 것 축하하고, 앞날이 창창하기를 빌게."

"예, 누님!!!"

"그나저나 차원통제사 시험도 머지않았고, 이제부터 보기 어렵겠네?"

"그렇겠죠."

"그래도 일을 갖다가 지구에 오게 되면 언제든지 우리 가게에 들려. 다들 알았지?"

"예, 누님!!!"

"아참, 이 수정방은 우리 아버지가 만드신 거야. 안주 없이 먹어야 술의 참 맛을 알 수 있으니까 지금부터는 그렇게 먹어 봐. 안주는 나중에 먹고. 알았지!"

"알겠습니다, 누님!!!"

"그럼 난 일하러 간다."

사모님이 자리에서 일어나서 주방 쪽으로 간다.

마누라가 친정에 갔다고 가게 일을 덮어 놓고 술을 마시려고 한 것을 들켰으니 아마도 오늘 사장님이 박살이 날 것 같다.

"근호 형, 사장님, 사모님이 2차 각성자 맞지?"

"아마 그럴걸?"

"이제 사장님 어떻게 하냐?"

"성찬아, 부부싸움은 칼로 물 베기라고 했다. 걱정하지 말고 술이나 마셔라. 이런 기회도 드무니 말이다."

"그렇지만……."

"연하 누나가 2차 각성자라고는 하지만 사실 문도 형에게는 꼼짝 못한다."

"그거 반대 아니야?"

조금 전의 상황을 생각하면 말이 되는 않는 소리라 묻지 않을 수 없었다.

"크크크, 얼라는 몰라도 된다."

"혹시!!"

"객쩍은 소리 하지 말고 술이나 마셔라. 남의 가정사는 함부로 입에 올리는 게 아니다."

"쩝! 알았어."

"너희들도 알겠지만, 보통 귀한 술이 아니다. 연하 누나 말대로 이제부터 안주는 먹지 말고 술만 비워라. 너희에게 많은 도움이 될 거다."

"알았어요, 형"

술에 담긴 기운들이 몸에 쌓이는 것을 느낀 탓인지, 병찬이가 사인방을 대표해서 대답을 한다.

그렇게 안주에는 일체 손을 대지 않고 술을 마시기 시작했다.

몸 안에 쌓이는 기운의 농도가 점점 더 진해지고 있는 탓에 다들 말없이 술만 마셔 댄다.

맛있어 보이는 안주가 있음에도 손을 대지 않고 술만 마시는 덩치들 때문인지 가게 안이 싸하다.

그래도 어쩔 수가 없다.

근호 형이 말한 대로 이런 기회는 정말 드무니 말이다.

"오빠!"

어느 정도 손님이 뜸해지자 유민은 앞치마를 풀며 오빠를 불렀다.

"왜 가려고?"

"응."

"집에 갈 거 아니지?"

"그, 그게."

옛날 같으면 난리가 나겠지만, 1차 각성에서 나타난 동생의 적성대로 라면 음악을 하는 것이 여러모로 좋은 일이기에 동생을 응원하는 윤찬이었다.

그동안 연습을 많이 해왔는데, 공연하는 것을 꺼려하더니 성찬을 보고 난 뒤로 결심을 굳힌 것 같았다.

"하하하, 안다. 알아. 나는 지지하니까 얼른 가봐라."

"히히, 고마워."

"공연 끝나면 곧바로 이리로 와라."

"꽤 늦을 텐데?"

"인마, 늦었으니까 그렇지. 하도 세상이 험악하니 말이야."

"헤헤, 알았어."

앞치마를 주방 한쪽에 걸며 부리나케 가게를 나서는 동생을 보고 있는 윤찬의 얼굴에 미소가 맺혔다.

"크크크, 형들이나 그 녀석들이나 오늘 좀 놀라겠는걸?"

동갑내기인 사인방은 모르겠지만, 형들은 부킹이나 하려고 클럽에 가는 것이 아니다.

근호 형이 워낙 인디밴드를 좋아해서 음악하는 밴드를 보러 가는 것이었다.

공연에서 자신의 동생인 유민이가 보컬로 나선다면 꽤나 놀랄 것이 분명했다.

"이런, 전화를 걸어줘야겠군."

윤찬은 스킨 패널을 열고는 익숙한 번호로 전화를 걸었다.

— 어쩐 일이냐?

"아, 예, 형님! 유민이가 클럽으로 갔어요."

— 진짜냐?

"결심을 굳힌 모양이에요."

— 하하하하! 잘됐다. 그동안 연습을 하면서도 무대에 서지 않겠다고 해서 조금 아쉬웠는데 말이야.

"그렇기는 한데 우리 유민이가 잘할 수 있을까요?"

— 크크크, 너 유민이 연습하는 거 못 봤지?

"제가 볼 시간이나 있나요, 뭐."

— 연습할 때 절반만 해도 클럽에 온 손님들이 뒤집어질 꺼다.

"그 정도예요?"

— 인마, 너도 보고 싶으며 가게 접고 클럽으로 와.

"제가 가도 될까요. 괜히 우리 유민이 긴장하게 만드는 것이 아닌지 몰라서……."

— 그런 걱정 집어 치우고. 올 때는 후문으로 와라. 이야기해
놓을 테니까.

"일단 알았어요."

동생의 공연이 성사된 것은 윤찬이 가게를 시작한 후에 언제
나 밥을 먹으로 왔던 클럽 사장인 정호영과의 인연이 있었기 때
문이었다.

밥을 먹으로 왔던 정호영이 유민이 일하며 허밍을 하는 것을
우연히 들은 후 노래를 한번 해볼 생각이 없냐는 제안에서 지금
까지 온 것이다.

연습은 계속해 왔어도 무대에 서기 싫다고 했는데, 이제 진짜
로 공연을 하는 것이었다.

그동안 동생에게 누가 될까 봐 연습하는 곳에 가보지 않았는
데, 정호영의 말을 듣고 보니 마음이 뒤숭숭했다.

"처음 공연인데……. 아유, 안 되겠다. 긴장할까 봐 가지 않
으려고 했는데, 문 닫고 가보자. 몰래 보면 될 테니까."

몰래 보더라도 동생의 첫 공연을 놓치고 싶지 않았다.

"에고, 바쁘네. 서두르자."

아직 손님이 남아 있었지만, 가게 문 앞에 영업이 끝났다는
표찰을 달았다.

있던 손님들이 나가고 난 뒤에 가게를 정리하고 클럽에 가려
면 서둘러야 했다.

손님이 나가고 난 뒤에 새벽에 나와서 할 수도 있는 것들은 뒤로 미뤄두고 급하게 가게를 정리했다.

혹시나 문전박대를 당할 수도 있기에 동생이 얼마 전에 사준 옷으로 갈아입은 윤찬은 가게 문을 잠그고 곧바로 클럽으로 향했다.

'보고 싶다면 후문 쪽으로 오라고 했었지.'

후문으로 간 윤찬은 문에서 대기하고 있는 보안 요원을 볼 수 있었다.

"어떻게 오셨습니까?"

"오늘 공연하는 정유민 오빠입니다."

"아! 사장님께 말씀은 들었습니다. 안으로 들어가신 후에 왼쪽으로 가시면 이 층으로 올라가는 계단이 있습니다. 올라가시면 사장님 사무실이 있으니, 그곳으로 가시면 됩니다."

"고맙습니다."

친절하게 문을 열어주는 보안 요원을 뒤로하고 윤찬은 안으로 들어가 2층으로 올라갔다.

2층에는 사무실이 하나밖에 없었기에 정호영을 쉽게 만날 수 있었다.

"왔냐?"

"첫 공연인데 와 봐야지요."

"크크크, 그래. 공연하는 모습은 여기서 보면 된다. 밖에서 안보이기도 하고 말이야."

"고맙습니다, 형님."

"고맙기는 미래의 슈퍼스타의 단 하나밖에 없는 오라버니인데, 내가 잘 보여야지."

"에이, 이제 첫 번째 공연인데 슈퍼스타라니요."

"후후후, 그래. 여기 앉아라."

탁!

스르르르르!

윤찬이 자리에 앉자 정호영이 벽에 버튼을 눌렀고, 창을 가리고 있던 스크린이 위로 올라가며 클럽의 전경이 보이기 시작했다.

"지금은 차음을 해서 소리가 들리지 않지만 스피커를 틀면 공연하는 밴드의 연주와 노래를 들을 수 있다. 현장 모니터링을 위해 특별히 만든 거지."

"그렇군요."

소리는 들리지 않지만 2층에서 무대와 플로어를 모두 볼 수 있어서 전망이 좋았다.

"유민이가 공연하려면 10분 정도 남았지만, 지금 한 번 들어볼래?"

"그렇게 해요."

소리가 들리지는 않지만 열광하는 사람들을 보면서 내심 궁금했던 윤찬이 고개를 끄덕였다.

틱!

— 세상에! 이 순간보다 더 빛나는 것은 없어!!

음악소리와 함께 보컬의 고성이 스피커를 통해 들려왔는데 마치 옆에서 듣는 것처럼 생생했다.

"와!!"

"놀라긴, 저 스피커 하나에 이천만 원이나 하는 거다. 열 개가 어우러져 현장의 소리를 완벽하게 재생하지. 손님들이 내는 소리는 모두 지워지니 들을 만할 거다."

정호영의 사무실 안에는 총 열 대의 스피커가 여기저기 달려 있었는데 계산대로라면 2억 원이나 되는 엄청난 금액이었다.

"형님이 프로듀싱도 한다고 하더니 정말이군요."

"인마, 내 말이 구라로 들렸냐? 내 예명이 강남바보다. 강남바보."

"혀, 형님이 정말 강남바보예요?"

강남바보라면 5년 전부터 매년 최대 히트곡을 작곡해 저작권료를 몇 억 원씩 받는 사람이라는 소리를 동생으로부터 들었던 윤찬이 놀라 물었다.

"그래, 인마."

"우와! 사기꾼."

"뭐?"

"형! 그러는 거 아니야. 그냥 클럽 사장이거니 했는데, 강남 바보라니 말이야."

"미안하다, 윤찬아. 형이 기존 엔터테인먼트에 질려서 말이야."

"무슨 일이 있었구나?"

"온라인으로 '세상에 하늘이여!' 라는 곡을 처음 올렸다. 올리자마자 소송하겠다고 연락이 오더라."

"형이 표절을 했다고?"

자존감이 아주 강한 정호영이 그럴 리 없다는 것을 잘 알기에 윤찬이 반문했다.

"그래, 작곡가가 프로듀싱한 음원이 유출되었고, 내가 표절을 했다고 그러더라."

"누군데 그래?"

"엔터테인먼트 업계의 강자라는 JM놈들이었다."

"JM에서 그랬단 말이야?"

JM이라면 착한기업으로 소문이 난 곳이다.

그런 곳에서 소송을 걸겠다고 연락을 했다는 말이 이해가 가지 않았다.

"무슨 이유가 있구나."

"데뷔시키려고 데리고 있었던 놈이 하나 있었어. 작곡도 그렇고, 노래도 그렇고, 싱어송라이터로 아주 재능이 많은 놈이었지. 그놈이 내가 저작권 등록을 한 것을 모르고 그 노래의 음원을 가지고 JM을 찾아갔더라고. 연습해 보라고 음원을 줬는데 말이야. 아마 자기가 작사, 작곡을 한 걸로 JM을 속였나 봐. 사전에 저작권 등록을 해놓지 않았다면 옴팍 뒤집어썼을 거다. 그때부터 강남바보라는 예명을 쓰기 시작했어."

"그게 강남바보라는 예명을 쓰는 이유였어?"

"그놈이 나에게서 빼간 곡이 다섯 곡이었어. 그중에 네 곡은 저작권 등록이 되지 않은 거였고. 그걸 JM에서 음반으로 내더라. 저작권 등록까지 하고 말이야. 사람을 잘못 본 내 잘못이지."

"내가 알기로는 강남바보는 얼굴 없는 작곡가로 알려져 있다고 들었어. 심지어는 업계 관계자들도 얼굴을 하나도 아는 이가 없다고 말이야.

"맞아. 내가 강남바보라는 것을 아는 사람은 이 세상에 세 사람뿐이다."

"그럼 나까지 네 사람이겠네.

"아니, 내 변호사하고, 네 동생, 그리고 너까지 딱 세 사람이다."

"정체를 감추려고 하는 이유라도 있어?"

"그놈이나 JM에서 내가 다시 나섰다는 것을 알까 봐 정체를 감춘 거다."

"왜?"

"윤찬아, JM이라는 곳이 세상에 알려진 것처럼 그리 착한 기업이 아니야."

"으음."

"하하하! 내 별 이야기를 다 했네. 조금 있으면 공연을 시작하니까 보기나 하자."

자신의 신음에 웃음으로 얼버무리는 말을 하는 것을 보면서 윤찬은 JM과 호영 사이에 뭔가 특별한 사건이 있다는 것을 직감했다.

'오늘 정체를 밝힌 것을 보면 유민이가 오늘 할 공연과 깊은 관련이 있다.'

진짜 정체를 자신과 동생에게 알려준 것을 보면 무슨 일인지 알려줄 수도 있다는 뜻이었다.

'아마도 오늘 호영이 형에게 정말 공연이 중요할지 모른다. 저런 눈빛은 한 번도 보지 못했으니까.'

불타는 듯한 눈으로 공연 무대를 바라보는 호영을 보며 JM이 얽힌 일과 오늘 동생이 하는 공연과 밀접한 관계가 있다는 것을 느낀 윤찬은 알기가 교체되기 시작한 무대를 향해 시선을 돌렸다.

언더그라운드에서 활동하는 밴드 중에서도 그렇고, 세션들 중 최고라고 할 수 있는 이들이 무대로 올라와 악기들을 세팅하고 있는 중이다.

근호 형을 따라 클럽에 오기 시작하면서 몇 번 본 얼굴들이라 어떤 밴드인지 알고 있었다.

"형, 지금 나오는 밴드가 스카이 레인이지?"

"그래, 인마. 아주 죽이지. 그동안 연주만 했는데, 앞에 마이크를 놓는 것을 보니 보컬이 새로 들어왔나 보다."

"저 밴드에 보컬이 없었다는 거야, 형?"

전에 보컬이 노래를 부르는 것을 봤기에 묻지 않을 수 없었다.

"그래. 연주 실력이 거의 탑인데, 거기에 맞출 수 있는 보컬을 구하는 것이 쉽지 않아서 지금까지 한 공연에 나온 보컬들은 전부 객원이야."

"수준이 맞지 않는 거야?"

"그렇기도 하지만 밴드 컬러에 맞는 보컬을 구하는 것이 쉽지 않은 모양이다. 두 달 전부터는 객원 보컬을 구할 수가 없어서 연주만 하고 있다고 들었다, 성찬아."

"용케 구한 모양이네."

"그런가 보다. 오늘 완전체로 공연하는 거니 재미있을 것 같다."

스카이 레인이라 불리는 밴드는 골수팬들이 많은데, 근호 형도 그중 한 명이다.

일명 스레빠라 불리는 골수팬들도 오랜만에 보컬과 공연하는 스카이 레인을 보기 위해 무대 앞쪽으로 이동을 하고 있었다.

"보컬이 나오는 모양이다."

"어?"

근호 형의 말에 야구 모자를 뒤로 돌려쓰고 무대로 올라오고 있는 보컬을 보다가 깜짝 놀랐다.

올라오는 이가 바로 유민이기 때문이었다.

"혀, 형!"

"성찬아, 저거 유민이 맞지?"

"맞아. 유민이야."

"허어, 유민이가 보컬이라니……."

"그러게 말이야. 공부만 하는 줄 알았는데 말이야."

"그나저나 스카이 레인이 선택을 했다면 유민이도 노래를 정말 잘 부른다는 말인데. 이거 기대 된다, 성찬아."

"한 번도 노래하는 것을 보지 못했는데, 유민이가 잘할 수 있을까?"

"인마, 스카이 레인의 무대에 오를 정도면 정말 많이 연습을 했다는 소리야. 그러니 응원이나 해주자."

"아, 알았어."

"그래도 유민이가 실수할지도 모르니 아주 미쳐 날뛰어 보자. 그래야 조금이라도 감춰질 테니까."

스카이 레인은 폭발적인 무대를 자랑하는 밴드다.

관객들도 그에 맞춰 아주 열정적으로 호응을 하기에 우리가 나선다면 조그만 실수쯤은 감춰질 수도 있다는 생각에 고개를 끄덕였다.

— 안녕하세요? 앞으로 스카이 레인의 보컬을 맡게 된 민아라고 합니다. 잘 부탁드려요.

"와—아아! 우리도 부탁해요!!!!"

고개를 꾸벅 숙여 인사를 하는 모습에 관객들이 환호하며 응답을 보냈다.

유민의 말에서 스카이 레인의 전속 보컬이 생겼다는 것을 짐작할 수 있었기 때문이다.

— 처음 부를 노래는 '나를 찾아서' 입니다. 원! 투! 쓰리! 포! 렛츠, 고!

꿈꾸지 못하는 그날부터

북적이는 도시에선 한적한 적막감이 맴돌아

내 생에 꿈꾸어 본 적이 있나?

어디를 둘러봐도 내 삶은 보이지 않아!

세상이 변하며 생긴 내 꿈은 무엇일까?
하늘이 꿈꾸는 것을 무엇일까?
이제는 하늘을 바라보지 않아.
내 삶을 찾기 위해 꿈을 꿀 거야.

나는 하늘바라기가 아니야.
나는 나를 바라볼 거야.
세상이 어떻게 변하든
나는 알아갈 거야.
내 꿈이 무엇인지 찾아볼 거야.

제 10 장

강력한 사운드와 함께 첫 소절이 울려 퍼졌을 때 열광하던 관객들이 멍한 표정으로 무대를 바라보기 시작했다.

노래에서 전해지는 쓸쓸함과 아쉬움이 직접적으로 전해진 탓이었다.

'아! 유민이의 노래는 사람의 감정을 건드리는구나. 1차 각성만 했을 뿐인데, 이 정도면 정말 무서운 재능이다.'

유민이가 무엇을 각성했는지는 모르지만 사람의 감정선을 직접 자극할 수 있다는 사실에 놀라지 않을 수 없었다.

세상이 변한 후 본성에 잠재되어 있는 재능을 각성한 탓에 자신이 가지고 있는 능력으로 다른 이의 감정을 건드리는 것은 쉽지 않은 일이다.

그런데 유민이는 형들과 사인방뿐만이 아니라 내 감정도 건드리고 있는 중이다.

'노래로 감정을 전이하는 유민이의 능력은 진성 각성자라 해도 쉽게 얻을 수 있는 것이 아니다. 더군다나 진성 각성자에 가까운 나까지 감정의 동요를 일으키는 것을 보면 윤찬이가 많이 노력했나 보구나.'

노래에 저렇듯 자연스럽게 감정을 싣는 것을 보니 유민이의 능력을 개화시켜 주기 위해 윤찬이가 어떤 노력을 했을지 짐작이 간다.

1차 각성에서 뛰어나 능력을 얻었다고 해도, 그것을 온전히 발휘하는 것은 전혀 다른 문제니 말이다.

잠시 침묵을 지켰던 관객들이 노래에 빠져 들며 몸을 흔들기 시작했다.

유민이의 노래와 밴드의 연주에 맞춰서 리듬을 타는 관객들에게서는 로큰롤 특유의 열기가 솟아오르고 있었다.

'으음, 아무리 감정을 전이시킬 수 있다고는 하지만, 노래 자체도 정말 잘 부르는구나.'

감정 전이를 제외하더라도 진성과 가성을 오가고, 저음에서부터 고음까지 완벽하게 구사하는 유민이의 노래에 빠져들 수밖에 없었다.

'사람이 말하는 '빠!' 들이 어째서 생겨나는지 알겠군.'

완벽한 보컬과 함께 감정이입으로 유민이를 자신과 동일시하며 음악에 빠져드는 것을 보면서 광팬이라는 왜 생기는지 짐작이 갔다.

'응?'

유민이의 공연에 몰입해 있는 이들과는 다른 종류의 감정이 느껴졌다.

시선을 돌리니 무대에서 많이 떨어져 있는 기둥 뒤에서 묘한 눈으로 유민이의 공연을 바라보고 있는 자가 보였다.

'실려 있는 감정이 좋지 않군.'

기둥에 가려져 잘 보이지 않았지만, 유민이게 향하는 강렬한 적의를 느낄 수 있었기에 아무도 알아차리지 못하게 옆으로 빠졌다.

'어디로 갔지?'

유민이를 바라보는 눈이 심상치 않아 누군지 확인하려고 기둥 근처로 갔는데, 이미 사라지고 없었다.

1차 각성밖에 하지 못했지만, 내가 가진 특성이 심안이다. 아르고스의 눈과 융합된 덕에 스페이스와 연동하지 않더라도 반경 100미터 안에서는 감각을 속일 수는 없는데, 사라져 버렸다.

'으음, 내 느낌을 피해 사라질 정도면 보통 놈이 아니다. 감각을 확장시켜 봐도 느껴지지 않는 것을 보면 최소한 A급이 넘

는 진성 각성자라는 건데……. 아무래도 조심해야겠군. 당분간 지켜보도록 하자.'

육감이지만 안 좋은 감정을 지녔다는 것을 알았기에 당분간 유민이를 보호해야 할 것 같다.

진성 각성자가 주의 깊게 지켜보고 있었다면 예사로운 일이 아니니 말이다.

다시 자리로 돌아간 지 얼마 지나지 않아 유민이의 노래가 끝났다.

다들 공연에 열중해서인지 내가 없어졌다는 것을 느끼지 못한 모양이지만 유민이는 달랐다.

자리로 되돌아오는 순간에 노래에서 느껴지는 감정의 폭이 더욱 커졌으니 말이다.

— 처음 무대에 서본 건데, 다들 즐겁게 들으셨나요?

"최고예요!"

"멋있어요!!!"

고성을 내지르며 호응해 주는 관객들의 모습을 보면서 기분이 좋아진 모양인지 유민이가 환하게 웃는다.

— 호호! 여러분이 좋아해 주시니 저도 기분이 좋네요. 그럼 이번에는 '사람아! 사람아!' 를 불러 드릴게요.

강남바보가 작곡한 공전의 히트곡이 유민이의 입에서 나오자 다들 어쩔 줄 몰라 했다.

"어떻게 여기서!"

"와! 정말 대단하다."

통합 대한민국에서 라이브로 '사람아! 사람아!' 를 완곡할 수 있는 가수가 단 한 명뿐이라고 알려진 노래다.

노래가 발라드인지라 클럽과는 다소 어울리지 않는 노래지만 이런 무대에서 라이브로 부른다는 것은 그만큼 자신이 있다는 소리였기에 다들 환호하고 있었다.

디—잉!

일렉트릭 기타의 선율이 스피커를 타고 흐르자 다들 숨을 죽였다.

유민이가 살며시 눈을 감으며 마이크를 잡자 관객들의 시선이 모두 고정되었다.

세상이 끝난 거야?

아무것도 보이지 않아.

그대의 모습만이 내 가슴에 새겨지네.

어째서 날 떠나간 거야?

당신이 떠나 버린 후

세상에 남겨진 나

이렇게 아플 줄 몰랐어.
혼자라는 이 슬픔이

사람아! 사람아!
내 사랑하는 사람아!

떠나간 연인을 그리워하는 처연하고 슬픈 음색에 눈시울이
뜨거워진다.

후렴구로 이어져 연인을 애타게 부르는 목소리에 가슴이 미
어지며 유민이가 부르는 그 사람이 마치 내가 된 것 같다.

자신의 귓가로 들려오는 노래를 들으며 정호영은 지금 창문
에 두 손을 댄 채 믿을 수 없다는 표정으로 무대를 바라보고 있
었다.

'잘하는 줄은 전부터 알았지만, 이 정도일 줄이야.'

알아서 잘할 것이기에 스카이 레인과 연습을 할 때는 관여하
지 않았다.

첫 번째 곡을 부를 때는 원곡의 느낌을 정확히 살려내고 자신
의 감정을 전달하는 것을 보고 놀랐고, 두 번째 곡을 부를 때는

까무러칠 뻔했다.

호영은 노래는 부르는 유민이 자신이 남겨놓은 연인 같은 생각이 들 정도로 완전히 동화되는 감정을 느꼈다.

듣고 있는 관객들을 보니 이성은 떠나 버린 남자를 동성은 남겨진 여자를 자신으로 여기는 감정의 동화가 일어나고 있었다.

'저 아이! 저 아이면 된다.'

자신의 감정을 이입하는 것과 듣는 이를 노래의 당사자로, 그것도 노래를 하는 주체의 상대방으로 느끼게 만드는 것은 아무나 할 수 있는 일이 아니었기에 호영은 달아오르는 가슴을 억누를 수 없었다.

"이야! 우리 동생 잘 부르네."

'이런!'

윤찬의 목소리에 정신을 차릴 수 있었다.

'이 녀석은 유민이 오빠니까 이런 감정을 느끼지 못하는 모양이구나. 이 정도면 시작해도 될 것 같다.'

혈육이기에 자신이 느낀 것처럼 동화되지는 않고 있지만 감탄이 나올 정도라면 정말 타고난 천재 보컬이기에 호영은 마음을 굳혔다.

틱!

잠시 후, 유민의 노래가 끝나자 호영은 스피커를 껐다.

"윤찬아!"

"왜, 형?"

"유민이가 나와 계약할 수 있도록 좀 도와줘라."

"이미 계약한 것 아니었어?"

"아직 계약하지 않았다. 유민이가 성인이기는 하지만 사정을 말하지 않고 계약을 할 수는 없지."

"형, 아까 한 이야기랑 관련이 있는 거야?"

"그래, 맞다."

"어디 한 번 무슨 사정이 있는지 말해봐. 들은 다음에 결정을 하도록 할게."

"그래, 알았다."

"내가 강남바보라는 예명을 쓰고, 언론에 노출되려고 하지 않는 이유는 JM에서는 나를 죽이려고 했기 때문이다."

"뭐?"

믿을 수 없는 말에 윤찬이 벌떡 자리에서 일어났다.

"자리에 앉아라. 아주 긴 이야기니까 말이다."

"사실 내 노래를 가지고 튄 놈은 내 사촌 동생이다. 고아인 내가 죽고 나면 법적으로 유일한 상속자인 놈이지. 너는 잘 모르겠지만 난 지금까지 작곡한 모든 곡을 등록해 놨다. 발표하지 않은 곡까지 모두 말이다."

"몇 곡이나 되는데?"

"발표한 것이 서른하나고, 발표하지 않은 것이 삼백서른다섯 곡이다."

"그렇게나 많아?"

"윤찬아, 넌 잘 모르겠지만 난 진성 각성자다. 사촌 동생 놈이 날 배신하고 JM에 갔을 때 나는 샴발라로 갔다. 그게 10년 전이었고, 그때 그곳에서 각성을 했지. 샴발라에서 나온 후 사촌 동생 놈이 슈퍼스타가 되어 있는 것을 볼 수 있었다. 그것도 내가 모티브로 정리해 놨던 것을 가지고 곡을 만들어서 말이다. 진성 각성자가 됐지만, 세상에서 내가 믿는 유일한 놈이었기에 큰 배신감을 느껴야 했다. 그때부터 미친 듯이 작곡을 했다. 정수영 그놈을 무너트리기 위해서 말이다."

"정수영?"

슈퍼스타라고 했는데 전혀 들어본 적이 없는 이름이라 윤찬이 반문했다.

"JM의 SY가 수영이 그놈의 예명이다."

"아!!"

SY는 JM이 배출한 최고의 스타다.

아시아는 물론 미국과 유럽까지 아우르는 슈퍼스타가 그였다.

"1년 전부터 누군가 나를 죽이려고 하고 있다. 얼마 전에 몰래 알아봤더니 저작권 협회의 이사가 누군가에게 나에 대한 정보를 유출한 것을 확인할 수 있었다. 그리고 그 누군가는 JM의

사주를 받은 것을 알아낼 수 있었다."

"형, 너무 지나친 생각 아니야?"

"윤찬아, 형이 뭐라고 했지?"

"아, 진성 각성자."

"그래, 나는 음악과 관련한 능력만 각성한 것이 아니다. 사물에서 기억을 읽는 사이코 메트리라는 능력도 각성을 했다. 날 암살하려던 자가 남긴 물건에서 누가 사주했는지 알 수 있었다."

"으음, 그러면 이건 꽤나 심각한 일인 것 같은데?"

"그것 때문에 나와 계약하는 것이 유민이에게 위험할 수도 있다고 말한 거다. 놈들은 나만 노리지는 않을 테니까 말이다."

"알았어, 그런데 나에게 이런 말을 하는 이유가 뭐야?"

"난 JM과 수영이 놈을 무너트리고 싶다. 그렇게 하려면 내 곡을 완벽하게 소화할 수 있는 보컬이 필요했다. 그동안 그런 보컬을 찾으려고 그렇게 노력을 했지만 찾지를 못했다. 그런데 찾은 이제야 찾았고, 그게 바로 유민이다."

"그러면 계획은 있는 거야?"

"그래, 계획은 이미 세워져 있다. 유민이를 완벽하게 보호할 방법도 있고 말이다."

"무슨 말인지는 알았어. 하지만 아직은 생각을 좀 해봐야 할 것 같아. 나라면 형을 조건 없이 돕겠지만, 유민이의 안위가 달린 문제니까 말이야."

"그래, 그렇게 말해주니 고맙다. 아주 위험한 일이 될 수도 있으니까 신중하게 생각해 보고 대답을 해줘라. 설사 거절한다고 해도 상관이 없으니 말이다."

"알았어, 형. 사실대로 이야기해 줘서 고마워."

"미안하다."

"아니야, 형."

'으음, 어떻게 해야 할까?'

미안해하는 호영을 보며 윤찬은 생각에 잠겼다.

동생인 유민이 1차 각성을 할 때 나타난 특성은 인간의 깊은 심층 의식까지 건드리는 심연의 노래라는 것이었다.

2차 각성을 한다고 해도 어차피 음악과는 떨어지래야 떨어질 수 없는 운명을 타고 났다고 할 수 있다.

'유민이가 노래를 잘하기는 하지만 그렇다고 성공이 보장되는 것은 아니다.'

대변혁 이후 1차 각성을 통해 자신의 본질이 무엇인지 알게 되면서 자신에 맞는 것을 찾게 되기 시작했다.

음악계도 마찬가지였는데 타고난 천재들이 진출하면서 대변혁 이전처럼 얼굴이 예쁘다거나 하는 이미지만으로는 발도 디디지 못했다.

자신의 본질을 알게 된 천재들이 진출한 후부터 음악 시장은 그야말로 춘추전국시대가 되어버렸다.

음악과 직접적인 관련이 있는 이들뿐만 아니라 다른 능력을 가지고 있는 이들도 부와 인기를 얻기 위해 음악 시장에 진출한 터라 노래를 잘 한다는 것만으로는 성공을 장담할 수 없는 곳이 되어버렸던 것이다.

'호영이 형이 음악계의 슈퍼 작곡가인 강남바보니, 우리 유민이와 합을 맞추면 성공하는 것은 어렵지 않은데…….'

호영이 작곡한 노래를 부르는 유민이는 까다로워진 관객들을 단번에 휘어잡았다.

호영과 잘 맞는다는 뜻이었기에 고민이 되지 않을 수 없었다.

'내가 봐왔던 것도 그렇고, 진실을 이야기하는 모습을 보면 충분히 믿을 수 있는 형이다. 그리고 위험을 없앨 수만 있다면…….'

동생이 스스로 결정을 해야 하기는 하지만 윤찬은 어느 정도 결심을 굳혔다.

확답을 해주지는 못했지만, 강남바보라면 동생이 원하는 것을 이루어 줄 수 있는 충분한 능력을 가지고 있었기 때문이다.

그리고 다른 이의 본질을 어느 정도 추측할 수 있는 자신의 특성에 대한 자심감과 함께 위험을 내포하고 있다고는 하지만 그것을 해결해 줄 수 있는 누군가를 알고 있기 때문이기도 했다.

'미안한 일이지만 성찬이 형에게 부탁을 해보자. 동생 말고 내가 유일하게 믿을 수 있고, 그만한 능력을 가진 형이니까. 성찬이 형이 안 된다고 하면 포기하는 것으로 하고. 무엇보다 유민이의 안전이 우선이니까.'

지금까지 자신이 특성을 파악하지 못한 유일한 사람이 성찬이었다.

차원정보학과의 실질적 과대표인 성진이나 근호마저도 어느 정도 특성을 파악하고 있는데도 불구하고 성찬만은 도무지 알 수가 없었다.

궁금해서 성찬에 대해서 알아본 결과, 아주 특별한 일을 하고 있다는 것을 알 수 있었다.

혹시나 누가 될까 해서 더 이상은 알아보지 못했지만 자신이 알고 있는 성찬의 능력이라면 충분히 해결할 수 있을 것이라는 믿음이 있었기에 부탁을 해보기로 했다.

'그전에 호영이 형에게 승낙을 받아야겠지?'

성찬에게 부탁을 하려면 호영이 동의를 얻어야 한다는 생각이 들었기에 이야기를 꺼내 보기로 했다.

"호영이 형!"

"왜?"

"내게 한 이야기를 다른 사람에게 해보고 싶은데 말이야."

"다른 사람?"

"내가 아는 사람 중에 형이……."

"잠깐!"

성찬에 대해서 말을 꺼내려고 하는 순간 갑자기 호영이 막아섰다.

"윤찬아, 아무래도 내려가 봐야 할 것 같다."

"무슨 일 있어?"

"그런 것 같다."

호영은 서둘러 사장실 문을 열었고, 윤찬은 뒤를 따랐다.

다음 공연자들의 연주로 인해 음악 소리가 연신 클럽을 울리고 있는 가운데 호영은 발걸음을 서둘러 빠르게 공연자 대기실로 향했다.

대기실 가까이 이르렀을 때 호영이 갑자기 윤찬의 팔을 잡았다.

"형?"

"윤찬아, 내 뒤에 있어라."

표정이 굳어 있는 호영의 보니 뭔가 위험한 일이 있는 것 같았다.

'으음.'

동생이 위험할지도 모른다는 생각이 들었지만 윤찬은 마음을 진정시키며 차원정보학과에 배운 대로 빠르게 호영의 뒤에 포진하고 섰다.

여전히 쿵쾅거리며 홀에 울려 퍼지는 음악과는 달리 호영의 얼굴은 불안감이 가득했다.

'음악에 대한 능력과 얻었다는 사이코 메트리로 뭔가를 느낀 것 같은데, 진성 각성자인 호영이 형이 저렇게 불안해하는 것을 보면 유민이에게 위험한 일이 생긴 것이 분명하다.'

진성 각성자가 느끼는 불안감이 어떤 것인지는 모르지만 동생으로 인해 윤찬도 긴장하고 있었다.

― 윤찬아, 절대 앞으로 나서지 마라.

자신이 운영하는 클럽이었고, 이제는 누구보다 중요하고 소중한 존재가 된 유민이의 오빠였기에 호영은 텔레파시를 보내 주의를 주었다.

긴장한 호영은 조심스럽게 문을 열었다.

"성찬이 형!"

공연자 대기실 안에 펼쳐진 광경을 보며 윤찬이 소리를 질렀다.

바닥에 엎여져 있는 누군가와 그의 등을 한 발로 밟고 있는 성찬이 유민을 등 뒤에 두고 있었기 때문이었다.

유민이가 노래를 끝내고 난 뒤, 공연자 대기실로 가려고 할 때 위화감이 느껴졌다.

'사라졌던 그놈이다.'

기둥 뒤에서 무대를 바라보다가 사라졌던 자가 틀림없기에 성찬은 조용히 성진의 손을 잡고 이끌었다.

"성진아, 어디 가냐?"

"화장실 좀 가야 하니 자리로 가서 기다려라."

"빨리 갔다가 와라."

자리를 옮기려는 우리에게 근호 형이 물었지만 이미 손을 잡으며 수신호를 보낸 덕분인지 성진이 형이 무난하게 대답을 했다.

— 성찬아, 무슨 일이냐?

— 형, 진성 각성자가 공연자 대기실에서 은신을 하고 있는 것 같아.

— 공연자 대기실에?

— 아까 유민이가 공연을 할 때 저쪽 기둥 뒤에 숨어 있었는데 지켜보더라고. 어떤 놈인가 궁금해서 가봤지만, 바로 사라졌는데, 유민이의 무대가 끝나고 난 뒤에 공연자 대기실에서 놈의 기운이 느껴졌어.

— 너를 속이고 움직였다니 보통 놈이 아닌 모양이다. 아무래도 유민이가 위험할 것 같다.

— 놈은 내가 처리를 할 테니까 형은 놈이 움직일 범위를 차단해 줘. 플로어 쪽으로 나오는 문은 이용하지 않을 테니까 무

대 뒤쪽만 막으면 될 거야.

— 알았다. 유민이가 위험할지도 모르니 조심해라.

— 걱정하지 마, 형.

형은 무대 왼쪽에 있는 문으로 나가 뒤쪽으로 돌았고, 나는 오른쪽 문으로 나가서 공연자 대기실로 갔다.

문을 열고 안으로 들어가자 쓰러져 있는 연주를 했던 사람들이 쓰러져 있는 것이 보였고, 놈은 유민이를 끌고 무대 쪽문으로 가고 있었다.

"스톱!!"

내가 소리를 지르자 문이 열릴 때 고개를 돌리며 나를 바라보던 놈이 손을 들어올렸다.

'바늘?'

공기의 흐름이 달라지는 것을 느끼는 순간, 놈의 손길을 따라 미세한 바늘 같은 것들이 날아왔다.

'내 감각을 속일 정도의 은신에 암기를 사용하는 놈이라면 암살자 계열일 가능성이 높은데…….'

놈에 대해 생각을 하면서 내 몸은 이미 움직이고 있었다.

자신의 손속에 자신이 있는 듯 고개를 돌리며 유민이를 끌고 나가려는 놈의 뒤를 암기를 피한 후 접근했다.

강력한 살기를 흘리며 놈의 목을 향해 수도를 날리자 놈이 반응을 했다.

놈은 유민이의 손을 놓으며 뒤로 돌더니 한 손으로는 내 손을 쳐 내고, 다른 손으로는 심장이 있는 내 가슴을 향해 내질렀다.

평범한 놈이 아니지만 막지 못할 정도는 아니다.

짓쳐들어오는 놈의 오른손을 쳐낸 후, 옆으로 빗겨진 수도를 휘돌려 팔꿈치로 놈의 턱을 노렸다.

예상치 못한 반격에 옆으로 피하는 놈의 신형을 따라 왼쪽으로 돌며 유민이를 등 뒤에 두었다.

'일단 유민이는 확보됐고, 저놈만 잡으면 된다.'

낭패한 기색이 역력한 놈이 다시 짓쳐들어왔다.

정권을 쥔 주먹 사이로 날카로운 기운이 서린 것을 느끼며, 놈을 향해 킥을 내질렀다.

남자의 소중한 곳을 향해 살기어린 킥이 날아가자 놈을 빠르게 뒤로 물러섰다.

탁!

발의 방향을 바꾸어 바닥을 내려찍으며 곧바로 놈을 향해 쇄도했다.

퍼퍼—퍽!!

오른발이 바닥에 닿은 후 곧바로 날아간 왼발이 놈의 보부와 가슴, 그리고 얼굴에 작렬했다.

놈이 비틀거리며 물러나고 있기에 오른발을 채찍처럼 휘둘러 관자놀이를 때렸다.

퍼—억!

발끝을 송곳처럼 세웠던 터라 관자놀이를 강타 당하자 놈의 몸이 옆으로 쓰러졌다.

아직은 끝난 것이 아니기에 놈의 심장이 위치한 등 쪽을 발로 밟고 그대로 내리 눌렀다.

콰—직!

갈비뼈가 부러지는 소리지만 개의치 않고 심장까지 충격이 가도록 했다.

진성 각성자가 폭주하면 클럽 안에 있는 이들이 위험할 수 있기 때문이었다.

딸깍!

"성찬이 형!"

때마침 문이 열리며 윤찬이가 누군가와 안으로 들어오며 소리를 지르고 있다.

"형, 무슨 일이야?"

"무슨 일인지는 내가 묻고 싶다. 이자가 어째서 유민이를 노리는 거냐?"

"이자가 유민이를 노렸다는 말이야?"

"그래, 공연자 대기실에 잠입해 있다가 저들을 잠재우고 유민이를 끌고 가려고 했다. 더군다나 이 자식은 진성 각성자인데, 도대체 무슨 일이 벌어지고 있는 거냐?"

"그게 말이야……."

윤찬이가 대답을 하려다 말고 뒤에 있는 몇 번 안면이 있는 클럽 사장을 바라본다.

"성찬아, 일단 저자들 데리고 나가자. 여기 이대로 있으면 곤란해지니 말이다."

어느새 들어온 성진이 형이 한마디 한 후, 쓰러진 놈에게 다가가 구속구를 채운다.

"그러는 게 좋은 것 같은데……. 사장님, 어디 이야기할 만한 곳이 없겠습니까?"

"2층으로 가면 됩니다."

사장의 말에 형이 놈을 일으켜 세운 후 팔짱을 낀 후 함부로 움직이지 못하도록 했다.

술에 취한 사람을 부축하듯 대기실에서 놈을 데리고 나온 후 곧장 복도를 가로 지른 후 보안 요원들이 막고 있는 계단 입구를 지나 2층 사장실로 갔다.

"윤찬이가 꺼리는 것을 보니 사장님께 설명을 들어야 할 것 같은데, 어떻게 된 일인지 말씀해 보시죠."

조금은 화가 나 있기에 내 말투가 곱지 않을 것을 느낀 것인지 사장의 눈빛이 흔들린다.

"그러니까, 이번 일은……."

사장은 그간의 사정을 설명하기 시작했다.

이야기를 듣다보니 JM이라는 곳과 사장의 사촌 동생이라는 놈의 행태가 기가 막혔다.

"정말 SY가 당신 사촌 동생이라는 겁니까?"

"그렇습니다. 제가 습작으로 만든 곡들을 들고 나가서 슈퍼스타가 된 놈이죠. 이제 그것도 얼마 남지 않았지만 말입니다."

"그런데 어째서 유민이를 납치하려고 한 겁니까?"

"유민이는 오늘 처음 무대에 섰습니다. JM에서 유민이에 대해서 알 리가 없을 텐데, 어째서 납치하려 했는지는 저도 잘 모르겠습니다."

"제가 봤을 때 저놈은 유민이에 대해 이미 알고 있었습니다. 무대에서 공연했을 때 계속 지켜보기도 했고, 공연자 대기실에 숨어서 기다리다가 납치까지 하려했으니 말입니다. 유민이에 대한 정보가 새어나갈 만한 곳이 없는 겁니까?"

"유민이에 대해서 아는… 아!"

"생각나는 것이 있습니까?"

"밴드를 제외하고 유민이에 대해 알 만한 사람은 스튜디오를 운영하고 있는 장 사장밖에는 있습니다."

"장 사장이요?"

"밴드와 손발을 맞추고 난 후 얼마 전에 녹음을 한 적이 있습니다. 유민이를 제가 케어하고 있다는 것을 아는 이는 장인석 사장뿐입니다."

"스튜디오 이름이 어떻게 됩니까?"

"신사동에 있는 청화라는 곳입니다."

"청화라……."

"청화의 장인석 사장이 당신이 강남바보라는 것을 알고 있습니까?"

"제가 강남바보라는 것을 아는 것은 여기 있는 사람뿐입니다."

"그렇군요. 그러면 장 사장의 청화와는 언제부터 레코딩 작업을 한 겁니까?"

"일 년 전부터입니다. 음반 회사를 제외하고는 장 사장이 운영하는 스튜디오의 시설이 최고라서 계약을 했습니다. 그런데 그건 왜?"

"성찬아, 아무래도 일이 심상치 않으니 청화 쪽은 내가 알아보도록 하마."

정호영 사장의 말을 옆에서 듣고 있던 형도 나와 같은 생각을 한 것인지 성진이 형이 나섰다.

"고마워, 형. 대충 어떻게 된 건지는 짐작이 가지만 되도록 빨리 알아봐 줘."

"알았다. 난 나가 볼 테니 너는 저놈에게서 어떻게 된 일인지 알아보도록 해라."

"알았어."

"갔다 오마."

성진이 형이 서둘러 사장실을 나섰다.

"어디 조용한 곳이 없겠습니까?"

형이 나가고 난 뒤 정호영에게 물었다.

심상치 않다는 것을 느낀 것인지 곧바로 대답을 해온다.

"삼 층으로 올라가면 제 작업실이 있습니다. 방음이 잘되어 있어서 안에서 무슨 일이 벌어져도 바깥에서는 모를 겁니다."

"알겠습니다. 그러면 그리로 올라가도록 하죠."

난 한쪽 구석에 널브러진 놈을 일으켜 어깨에 메고는 클럽 사장인 호영을 따라 3층으로 올라갔다.

'기운을 감추는 것은 못해도 기본적인 훈련은 된 놈이군.'

작업실로 간 후에 놈의 얼굴에 생수를 붓자 정신을 차리며 눈을 뜨자마자 상황을 살핀다.

"구속구가 채워져 있으니 빠져나갈 생각을 하지 마라."

"……"

지금 상황이 이해가 가지 않는지 대답 없이 나를 바라보기만 하고 있다.

진성 각성자도 아닌데 구속구를 가지고 있는 것도 그렇고, 자신을 단번에 제압한 것이 이해가 가지 않는 모양이다.

"지금부터 묻는 말에만 대답을 한다. JM에서 보냈나?"

"……"

대답은 없지만 눈빛이 약간 흔들리는 것을 보니 맞는 것 같다.

"유민이에 대한 정보는 청화에서 나온 건가?"

"어, 어떻게……."

내가 전부 알고 있는 것이 의아한지 목소리가 떨린다.

"정호영이 강남바보라는 것을 JM에서 캐치한 것도 청화의 장인석 때문인가 보군. JM에서 장인석에게 강남바보에 대한 의뢰를 한 것은 일 년 전쯤이고, 재미있군."

청화의 사장인 장인석에 대한 말에 놈의 얼굴이 사색이 된다.

이놈을 보낸 청화의 장인석은 나나 형처럼 해결사다.

그리고 진성 각성자이기도 하다.

강남바보라는 예명을 가지고 있는 정호영이 청화와 계약한 것은 우연이 아니다.

모두가 JM에서 의뢰를 받은 장인석의 의도하에 이루어지는 일이다.

처음에 의뢰 받은 것은 강남바보가 정호영이 맞는 것이냐는 것이었겠지만 유민이가 나타난 후 바뀌었을 것이다.

'SY라는 예명을 쓰는 정수영이 욕심을 냈겠지. 유민이가 데뷔를 한다면 정호영의 습작을 가지고 인기를 이어가고 있는 그놈은 순식간에 무너질 테니까.'

대변혁이 일어나고 1차 각성을 한 후 사람들은 본질에 대한 이해가 높아졌다.

유민이가 나와 강남바보의 곡들을 불러 인기를 끌기 시작한다면 SY의 정체에 의심하기 시작할 것은 뻔했다.

유민이의 노래에서 곡의 본질에 대해서 느끼다 보면 저작권 등록이 되어 있다고는 하지만 SY가 부른 노래들이 결코 그의 곡들이 아니라는 것을 알게 될 테니 말이다.

'문제는 유민이를 어떻게 할 생각이었느냐 하는 것인데?'

누가 의뢰를 했느냐에 따라서 문제가 달라지기에 놈을 통해서 확인을 해봐야 할 것 같다.

"유민이를 납치하라고 시킨 것인 JM인지 아니면, SY인지 궁금한데 말이야. 너는 알고 있는 것이 있나?"

"······."

"후후후, 대답을 할 생각이 없나? 장인석 밑에 있었으면 우리 같은 사람이 누구라는 것 정도는 느꼈을 텐데 말이야."

"해, 해결사."

"역시, 알고 있군. 그렇다면 어떻게 행동해야 하는지도 알고 있을 텐데."

"JM과 SY가 각각 의뢰를 넣었습니다. SY는 죽여달라고 했고, JM은 확보하는 쪽으로 의뢰를 넣었습니다. 보스께서는 JM의 의뢰만 받아들였습니다."

놈이 포기한 듯 순순히 대답을 한다.

"정호영에 대해서는?"

"보스께서 직접 해결하신다고……."

놈의 이야기로 대충 상황이 정리가 되는 것 같다.

상황을 살펴보니 JM에서는 유민이를 확보한 후에 정호영 사장을 죽이려 했다.

정호영이 죽은 후 수영이라는 놈이 상속을 받게 되면 그가 남긴 곡들도 온전히 빼앗을 수 있을 테고, 유민이는 수영과는 비교도 할 수 없는 천부적인 보컬이니 확보하는 것만으로도 큰 이득을 얻을 수 있을 것이고 말이다.

하지만 수영이라는 놈은 그 꼴을 보고 싶지 않았을 것이 분명하다. 어찌 되었건 유민이가 강남바보의 노래를 부르기 시작하면 자신의 정체가 밝혀지는 것은 시간문제니 말이다.

"솔직하게 대답을 한 것 같으니 죽이지는 않으마."

심안을 사용했기에 지금까지의 대답이 사실이라는 것을 알 수 있었지만 그대로 둘 수는 없는 노릇이다.

틱!

장인석의 배후를 상대할 변수로 선택했기에 놈의 이마를 손가락으로 짚으며 기운을 불어넣었다.

2차 각성을 하지 않은 탓에 아직은 활용하지 못하지만 각성 후에 이놈은 말 잘 듣는 개가 될 것이다.

— 앞으로 너는 장인석의 움직임에 대한 정보를 모으는 데 주

력을 해라. 나중에 연락을 하면 나에게 그 정보를 넘겨야 한다.

　놈에게 이중으로 암시를 건 후 앞으로 해야 할 일에 대해 인식을 시켰다.

〈『차원통제사』 제7권에서 계속〉